リタイヤした

人形師のMMO機巧叙事詩《クロニクル》 2

retire shita ningyoushi no MMO chronicle

玉梨ネコ

TOブックス

目次

これまで↓これから／6
再起動／55
戦闘準備／126

ORDER

おまけ漫画　コミカライズ第1話／207
おまけ　コミカライズ　キャラクターデザイン／249

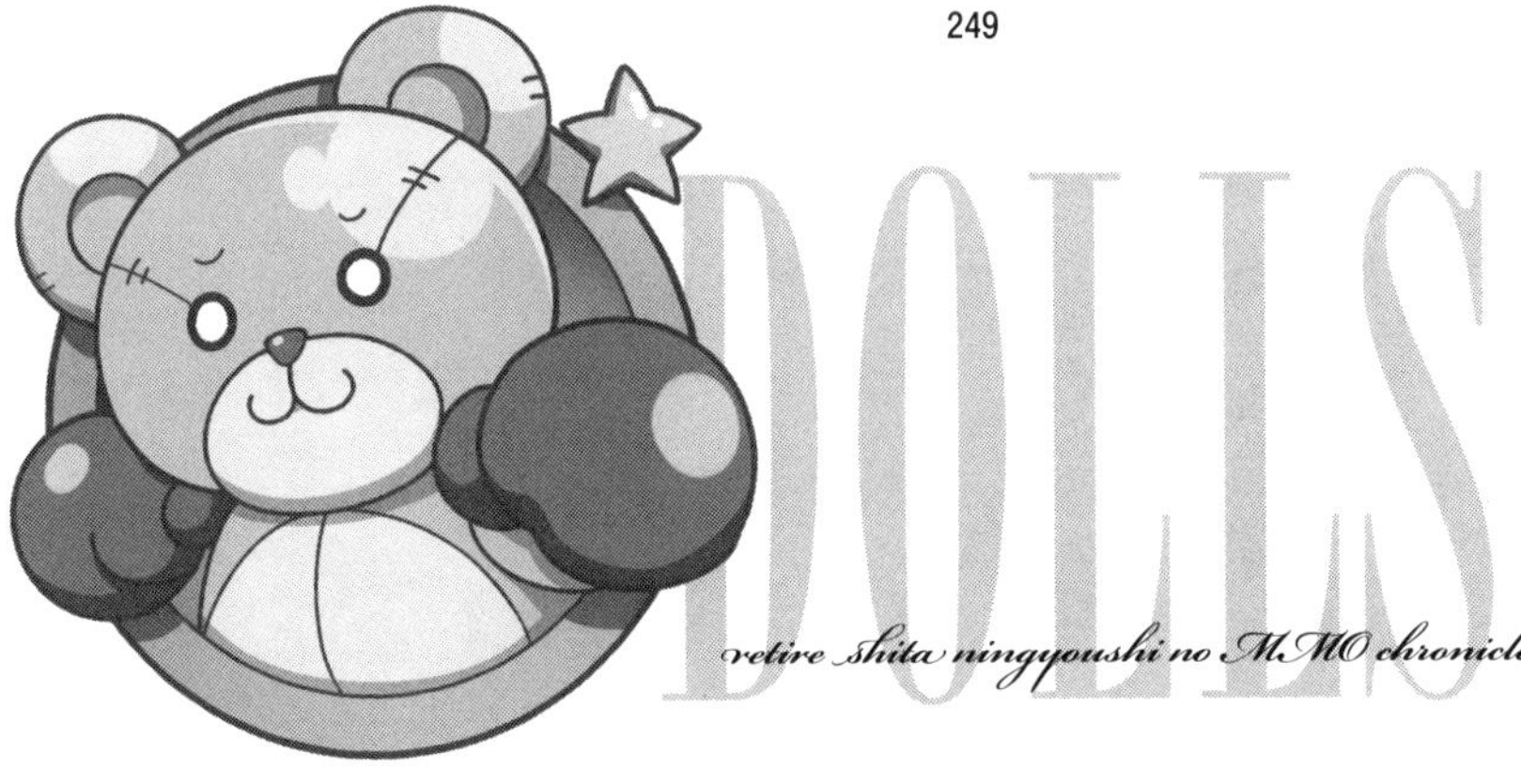

イラスト／高瀬コウ　デザイン／舘山一大

登場人物紹介

佐倉いろは

人形作家。右手の感覚を失って失業するが、
VRMMORPG「Doll's Order《ドールズ・オーダー》」と出会い、
仮想世界の人形師として自らの存在価値を取り戻す。

ミコト

いろはが作った戦闘妖精《ドール》。いろはのことが大好き。
Type：機巧人形

サラ

人形のように容姿の整った女の子。
いろはに「Doll's Order」のゲームシステムを色々と教えてくれる。

もんざえもん

サラが持つ巨大な熊の
ぬいぐるみ型の戦闘妖精。
Type：ぬいぐるみ

9号

ズィークが持っていた戦闘妖精。
ぼろぼろの姿で戦っていた。
Type：陶磁器人形《ビスク・ドール》

これまで↓これから

1

格上の創物者《オーナー》であるズィークとの決闘——そしてその末に勝利を掴み取ってから早いもので一週間が経った。その間、一日も欠かすことなくDoll's Order《ドールズオーダー》にログインし続けている甲斐《かい》もあり、ミコトのレベルは今では驚くほどに上がって——いなかった。

(あれから一回しか町の外に出てないからな)

それだって素材アイテムの収集が目的で、レベル上げ《レベリング》目的ではなかったのだから当然と言えばそれまでだが。まあナイトメアを倒すことでしか入手できないアイテムがあったり、どうしても避けられない戦闘があったりしたので全くレベルが上がっていないというわけではないのだが……それでもログイン総数とミコトのレベルが釣り合っていないという事実は否定しようもなく。

——ならば今まで俺は何をしていたのか？

それを語るにはこれより一週間前——ちょうどズィークとの決闘を終えた直後にまで話は遡《さかのぼ》る必要があった。

2

持てる力を振り絞《しぼ》り、精魂《せいこん》共に尽き果てた俺は今も地べたで胡座《あぐら》をかいたまま立ち上がることができずにいた。

（こんなのは錯覚《さっかく》に過ぎないのにな）

事実、この広大な異世界も——そう称しても決して過言ではない仮想世界もミクロな目を向けてみれば所詮は〝0〟と〝1〟で構成された情報《データ》の一集合体にしか過ぎず、ならばそこに存在している俺の身体もまた保有している情報《データ》量が違うだけの同一存在と言っても過言ではない。だから今俺が感じているこの疲労感も、結局のところは情報に干渉《かんしょう》され錯覚させているだけのものに過ぎないわけで——。

（とか考えてはいるものの、できればもう少しだけ休ませてほしい……）

端《はな》から気を遣うつもりも無かったが、いつの間にやらズィークとその戦闘妖精《ドール》である9号は姿を消していたので俺はミコトに話し掛けようとして、

「大丈夫ですか？　マスター」

それよりもほんの僅《わず》かに早く声を掛けてきたミコトに、俺は喉《のど》まで出掛かっていた言葉を呑《の》み込むのだった。

「それは俺の台詞なんだが……お前の方こそ大丈夫なのか？」

代わりに漏《も》れ出た本音に、ミコトは『なにか問題でも？』とでも言いたげな顔をして首を傾《かし》げる。誰がどう見ても、大丈夫じゃないのはお前の方だからな？

本来ならば傷はおろか、染み一つ無いミコトの白い頬《ほほ》には細いものではあるものの痛々しい亀裂《きれつ》が走っており、深紅《しんく》に染まる華美《かび》な和服は今や見るも無惨《むざん》な状態で、その所々破けた隙間《すきま》から覗く損傷は明らかに深刻なものであることが見て取れる。一概《いちがい》に戦闘妖精であるミコトと比較すること自体が間違っていると言われればそれまでかもしれないが……。

けれどそんな心配を寄せる俺に対し、まるでマイペースなミコトはというと「それにしても、ナイトメア出てきませんね」と呟《つぶや》きながらキレッキレのシャドーを放ち始める始末。ついほんの数分前まで死ぬ寸前まで追い詰められていたというのにこの余裕——逞《たくま》し過ぎやしないでしょうか？

（それに引き替え、俺と来たら……）

自分よりも遥かに重傷——しかも女の子——がこうもピンシャンしているというのに、

俺はといえば地面にへたり込んだままという。大変宜《よろ》しくない。男としての沽券《こけん》に関わるなこりゃ。

なので多少の無理をしてでも立ち上がるべきかと俺は足にグッと力を入れたまさにその瞬間——突如《とつじょ》ミコトが絹《きぬ》を裂くような悲鳴を上げた。

「ひぃぃぃぃぃいいいいいいいいいいいッ！！？」

「うぉっ⁉　どうしたミコト⁉」

すわ敵襲⁉　と弾かれるようにして立ち上がった俺はすぐさまミコトの傍へと駆け——寄ろうとしたところで、何故かミコトは俺へと背中を向けるなり、飛び跳ねるようにして距離を取るのだった。

「み、ミコト？」

「っっ⁉　だ、ダメっ！　こっち見ちゃダメですッッ‼」

両手で顔を覆《おお》い隠しながらその場で蹲《うずく》まるミコト。聞けばなんでもヒビが入った顔を見られたくないのだとか。水溜まりに今の自分の顔が映し出されたことで気付いたらしいのだが……お前、ＨＰゲージが危険域《レッドゾーン》の状態でもピンシャンしてたじゃんかよ。

「化粧が崩れた乙女かお前は。別に顔の形が変わってるわけじゃないんだし、そんなに気にするほどのこっちゃないだろ？」

「花を恥《は》じらう乙女ですよわたくしはっ！　気にするに決まってるじゃないですかッ!!」

多分に本音の入り混じったフォローも空しく、ミコトはふるふると首を振って泣き続けるばかり。花も恥じらう乙女がシャドーをするのかはこの際置いておくとして、こりゃ別の意味で重症のようだ。

そんなわけで俺たちは早々に街に戻ることを決めたのであった。

「――つっても、修理する時に見るんだけどな」

「イヤぁぁぁぁぁぁぁぁあああああああああッッ!!」

◇◆◇　◇◆◇　◇◆◇

転移を終え目を開けた先に映し出されたのは、優しげな琥珀《こはく》色の光を放つ洋灯《ランプ》に照らされた華美な装飾が施されたアンティークテーブルとチェアだった。カウンターの向こうではマスターがコーヒーを淹《い》れており、店内はそんな落ち着いた雰囲気に相応《ふさわ》しいＢＧＭが静かに流されている。

――ここはズィークの決闘を受諾《じゅだく》した場所のアンティーク珈琲店《カフェ》だ。

（……なんだか時間の流れがゆっくりな気がするな）

それが錯覚に過ぎないことくらい分かってはいるのだが、ついさっきまで居た洞窟《どうくつ》内との落差のせいもあってかそんな考えが思い浮かんだ。

「はぁ――……」

腹の底から、絞り出すようにして息を吐く。それもこれもこの疲労感が原因だ。帰ってきて気が緩んだせいか、いよいよ本格的にヤバめな感じだ。いつもはこの何倍もの時間をログインして遊んでいるというのに、たった三十分――たった一戦しただけで限界を迎えているのだから笑えない。

（いや実際には身体は疲れてないんだろうけどさ――）

――ああダメだ。疲れてるせいかどうでもいいことを考えてしまう。ミコトも送還《そうかん》しているわけだし、今日はこのままログアウトするとしよう。

（あ。でもサラに一声くらい声掛けてかなきゃだな）

早々にメニュー画面を出したところで指を止める。サラからすれば自分の今後を他人である俺に委《ゆだ》ね、その行く末を終始観ることしかできなかったのだからきっとヤキモキしていたことだろう。既に結果を知ってるにしても、それでも報告くらいはしとくのが常識か。

そう考えた俺はサラを捜すべく視線を周囲に移したのだが………ん？　なんか皆、こっちを見てないか？

「えっと…………もしかして、俺？」

「「「「「来たぁぁぁあああああああああああああああああ！！！」」」」」

「うおぉおっ！！？」

後ろに誰もいないことを確認してから自分を指差すと、途端、我先にと俺目掛けて殺到してくる大勢の人人人――創物者たち！　誰だアンタら!?

「ちょぉおおおおおおおおおっとごめんね少しいいかな!?」

「すみませんさっきの決闘観てたんですけど――」

「ちょっ、誰よ今あたしのお尻《しり》触ったのはっ！」

「ねぇねぇ、ちょっと訊《き》いてもいい!?」

「さっき闘ってたキミの戦闘妖精って機巧人形《オートマタ》だよね!?　ちょっとだけでいいから見せてもらえないかな!?」

「どっかのギルドに入ってる!?　よかったらウチのギルドにおいでよっ！」

「おいッ！　抜け駆けすんじゃねぇよッッ!!」

「そうだ僕にも触らせろ!!」

ヘトヘトに疲れ果てた俺のことなどまるで意にも介さず、鼻息も荒く鬼気迫《ききせま》る表情で詰め掛けてくる多くの創物者たち。それだけでもけっこう怖いのに、全員が一斉に話すもんだから喧《やかま》しいことこの上ないッ……！

「つか最後のアレってどうやったんだ⁉　まさかホントにマニュアル操作で腕を換装《かんそう》したのか？　普通工房に行かないと【修理】コマンドは出てこないだろ？」

「あ、それ俺も知りてぇわ！　戦闘中にＨＰとかを回復させるアイテムやスキルがあるのは知ってっけど、戦闘中に換装したのなんて初めて見たぞ！」

「あのねぇ、そんなわけないでしょうが。換装したら数分は動かせないのよ？　ましてやマニュアル操作でだなんて……常識で考えなさいよ」

「ならさっきのはどう説明するんです？　まさか貴女《あなた》も不正《チート》とか言い出すんですか？」

「それについてはさっき運営が否定しただろうが」

「うーん……なら、そういったアイテムを使ったとかか？」

「んなアイテムがあるわけねーだろが！　ＨＰとＭＰだけじゃなく、部位破損まで戦闘中に直せるようになっちまったら、大規模戦闘《レイドバトル》で特攻戦術《ゾンビアタック》が可能になっちまうんだぜ？」

「あー、それだと財力最強ゲーになるわね……」

「……いえ、そうとも言い切れないかもしれませんよ？　例えばですけど——」

あーでもないこーでもないと意見を交わす名も知れぬ創物者たちを静かに眺めながら、一人決意する。

――帰ろう。

ログアウトするのに何の躊躇《ちゅうちょ》も無かった。

薄れゆく視界の中、最後に視界に映ったのは、俺がログアウトしかけてることに気付いたらしき創物者たちの姿と――それらの輪に加わらず、少し離れた所で俺を見ていた白と水色のエプロンドレスを身に纏《まと》った一人の女の子の姿。

（またな）

――そいつがどんな顔をしていたのか。

それを確かめられなかったことだけが、少しだけ残念に思えた。

3

（いやもう、ほんと面倒だった）

しかもこの話には続きがあり、なんと翌日にログインした際にも同じことが起きたのである。尤《もっと》もそれについては俺自身にも非があり、素材不足でミコトを完全には修復できず、ならばいっそのこと丁度良いとばかりにそんな状態のミコトを引き連れて素材収集に出掛けようとしたのが原因だ。気にする必要もないだろうと甘く見た結果と言うべきか。

（せめて先にミコトの右腕だけでも隠しとけば良かったんだよなぁ……）

稼働に支障が無い程度の修復しか行えなかったせいでミコトの服はボロボロの状態――《星宿《せいしゅく》の銀腕》が丸っきり剥《む》き出しのまま――だったので、どうせなら足りない修復素材だけでなく服を新調させるための素材も集めようと考えて軽い手直ししか行わなかったのだが、そのせいで前日の決闘を見た者には一目瞭然《いちもくりょうぜん》となってしまったらしい。

そんなわけで俺は騒ぎが沈静化するまで工房に引きこもることを決め――それならば色々積もる作業も多々あるからと、今日までそれらを黙々とこなす日々を送っていたのだ。

「――よしっ。どうだミコト。違和感は無いか？」

ホログラムウィンドゥに表示された再起動《リブート》をタップし、起動待機状態《スタンバイモード》から目覚めさせたミコトに異常《エラー》が無いかどうかの最終確認をさせる。システム上では異常を検出してはいないが、少しでも本人が何かしらの違和感を抱くようであればその都度《つど》微調整を加える必要がある。

「接続確認《アクセス》。動作《テスト》、反応《テスト》、感覚《テスト》――……最終確認《フィードバック》、異常無し《コンプリート》。

――はい、ばっちりです。流石《さすが》マスターです」

だがその心配は杞憂《きゆう》に過ぎず、ミコトは僅かな時間で確認し終えると微笑みと共に何の異常も無いことを報告してきた。そんな称賛の言葉と紫紺《しこん》に輝く瞳を向けられくすぐったさを感じた俺は言葉を咄嗟《とっさ》に詰まらせるが、ミコトはそれに構わず更なる追撃をかけてくる。

「それにマスターから頂戴したこの服も素晴らしい一品ですし……わたくし、とても幸せです」

そう万感《ばんかん》の想いを吐き出すようにして告げたミコトが身に纏っているのは、これまで着ていたあの鮮やかな紅い和服ではなく、つい先日俺が作り上げたばかりの新しい和服だ。

以前のは見栄えのみに力を注いだせいでステータス補正が無いに等しく、おまけにボロボロになってしまったのでこの度ゼロから作り直した次第だ。

「気に入ってもらえたなら何よりだよ」

服の型《パターン》自体は前のものを流用したものの、近接格闘を武器とするミコトの動きを阻害しないように何ヵ所も変更を加えているせいであまり原型を留めてはいない。また使用した素材の関係、服の基調も紅から黒へと変わってしまっているのだが、どうやらミコト的には何ら問題無いようなので一安心といったところだ。……俺が贈った物なら何でも喜びそうな気もするけどな。

「しかしまあ、随分と安い幸せもあったもんだな」

「はいっ♪」

照れ隠しからつい憎まれ口を叩《たた》いてしまうもミコトは気を害した様子も無く、近くにあった椅子《いす》に座ると足をぱたぱたさせながら鼻歌を歌い始める。人目がある所では大和撫《やまとなでし》子《こ》然とした態度を取るミコトだが、俺しかいない場所ではこうして子どもっぽい一面を見せることを知ったのも未《いま》だ記憶に新しい。


——あ。子どもっぽいといえば。


「ところでミコト。この前も言ったが、今度サラに会った時はちゃんと謝っとけよな？」

「…………………え？　なんですって？」

「サラに会ったら謝れって話」

「……申し訳ございませんマスター。わたくしの記憶領域《メモリー》に〝サラ〟なるおちびな存在は保存されておりません」

「いや〝チビ〟って記憶してんじゃん」

「ハッ!?」

これが誘導尋問《じんもん》ですか!?　と白目を剥いて驚愕《きょうがく》を露わにするミコト。違うからな？　お前が一人で勝手に自爆しただけだからな？

「てか、なんでそんなにサラを目の敵にするんだよ？　最初に煽《あお》ったのもミコトの方からだったよな？」

詳細は省いて簡単に説明すると、だ。

つい先日サラがここに顔を出しに来たのだが、その際一時的に起動させていたミコトは開口一番、挨拶《あいさつ》も無しにいきなりサラへ喧嘩《けんか》を売ったのだ。

『……』

『……なによ？』

『……（チラッ）』

ぺたーん。

『――――フッ』

『あ？』

そして唐突に幕を開ける戦闘妖精《異種族間戦闘》VS創物者。心なしか9号と戦っていた時よりもミコトの動きに圧を感じたような気がしたが、結果はサラの切れ味鋭い口撃《カウンター》によってミコトがマットに沈んだのであった。……真の敗北者は二人の巻き込まれ、少しも作業を進められなかった俺だということを忘れてはならない。

そんなわけでミコトの保護者のような身として横から口を挟ませてもらったわけなのだが……ミコトは両の人差し指をつつき合わせながら、まるで不貞腐《ふてくさ》れた子どものように唇を尖《とが》らせて俺に反論してくるのだった。

「ですけど……あいつに胸が無いのは否定しようもない事実です」

「やめとけ。また泣きを見ることになるぞ？　主に俺が」

人間、事実を指摘された時が一番刺さるものだからな。もし今のをサラに聞かれていたら、せっかく直したミコトをまた直す羽目《はめ》になるかもしれんだろうが。

「まぁいいさ。この話はここまでにしよう――ほい、終わりっ、と。お疲れさん」

どうにもミコトはサラに対して蟠《わだかま》りのようなものを抱いているようなのだが、すぐにどうこうできるもんでもなさそうだし一旦引くとしようか。

話を切り上げミコトの頭をくしゃっ、と撫でると、ミコトもまた嬉しそうに顔を綻《ほころ》ばせるのであった。

「マスターもお疲れ様でした」

「おう」

返された労《ねぎら》いの言葉に笑みを返しつつ、俺はメニュー画面を立ち上げた。

「よし。じゃあ次はステータスを確認するぞ」

「はい。どうぞ、わたくしをご覧くださいませ」

「言い方」

「?」

ふんすっ、と鼻息も荒くどや顔で宣《のたま》うミコトに思わず表情筋が凍りつく。今ほど自分が酷く薄汚れた人間であることを自覚させられた瞬間もなかった。

(サラがいなくて本当に良かった……)

ぎこちない作り笑いを浮かべつつ、俺は誤魔化《ごまか》すようにしてミコトのステータスを表示させたのだった。

【Name：ミコト】
【Lv：17】
【Grade：☆☆☆☆☆★★】
【Type：機巧人形（EX）】
【Status】
耐久性（HP）：1202／1202
精神力（MP）：192／192
物理攻撃力（STR）：267
物理防御力（DEF）：73
魔法攻撃力（MAT）：29
魔法防御力（MDE）：59
敏捷性（AGI）：96
器用性（DEX）：57
運（LUK）：54

【Ｓｋｉｌｌ】

《星宿の銀腕》
└▽《穢れ無き、銀河に響け星の夢《アガートラーム》》
▽《ストライクブロー》
▽《ミコトすぺしゃる》

【Ｏｗｎｅｒ：いろは】

改良と調整を繰り返し、さらには装備品の性能も追求した結果ミコトのステータスはその労力に見合うだけの答えを見せてくれている。全てのステータスが大幅に上昇している

が、中でも特筆《とくひつ》すべきはやはり《星宿の銀腕》が齎《もたら》す力だ。銀という高レアリティの素材を元に製作しただけのことはあり、なんとＳＴＲが三桁《けた》にまで到達している。

（もう少し早く手を掛けていたら、ズィークとの戦いもあそこまで苦戦しなくても済んだのにな）

ふとそんな益体《やくたい》のない考えが思い浮かんだが、すぐに小さく頭《かぶり》を振って思い直した。確かに楽に勝てていた可能性こそ否めないが、けれど代わりに俺は今でもミコトのことを相棒《パートナー》として見れてはいなかった筈《はず》だ。――どちらの方が良かったかなんて、考えるまでもない。

「？」

「なんでもない」

ぽんっ、とミコトの頭に手を置き意識を切り替える。ミコトの改良と調整を無事に終えた今、次にやるべきことはといえば――。

「――んじゃ、次に行くか」

「はい」

ミコトが余所《よそ》行きの表情を作る。向かう先はレトロ工房――その店主である、親方の元だ。

――あの日救えなかった彼女を、今度こそ救うために。

4

店内に足を踏《ふ》み入れると、椅子に腰掛けて小さな部品《パーツ》を加工している親方の姿があった。

「親方。お疲れ様です」

「ん？　おぉ、お主か。その様子じゃと、ようやっと完成したようじゃな」

「はい。この通り」

トンっ、とミコトの背中を軽く押して前に出させると、親方は目を丸くして小さく息を呑んだ。

「ほう……。こりゃ魂消《たまげ》たの。ここまで仕上げてくるか」

「はい。これがマスターの力です」

感嘆の声を上げる親方にミコトが静かな口調ながらも誇らしげに答える。いかんせん身内贔屓《びいき》が過ぎる発言に顔が赤くなるが、しかし親方はそんなミコトの発言を否定したりはしなかった。

「ほっほっ、少し前から嬢《じょう》ちゃんの新しい服を作っておったのは知っとったがのぉ……ん？　その服の素材、もしや――……」

と、そこで何かに気付いたのか親方がミコトの服を凝視する。

「——やはりか。それはナイクワームの繭《まゆ》で作りよったものじゃな？　格闘戦を得意にする嬢ちゃんには現状この上なくマッチする素材じゃろうが……加工するのは中々に至難《しなん》じゃったろうに」

感嘆とも呆れとも見て取れる表情で親方が言う。事実最初に服を作った時と違い今回のはステータスに補正が加わるからなのか、製作難易度が前回とでは天と地ほどに違いがあった。——少なくとも完成に二日も掛ける程度には。

「マスターに不可もごッ！」

「少し黙ろうな？」

ミコトが放つ言葉の端々《はしばし》に俺に対しての信頼と期待が窺《うかが》えるのはいつものことなのでとやかく言うつもりはないが……できれば親方の前では少しだけ自重してもらいたかった。

創物者としてやっていくと決めはしたものの、十年以上人形作家として生きてきたせいでまだその頃の見栄とか自負《じふ》——誇り《プライド》を完全には捨てきれていないのだ。だからたかがこ、い、の程度のことで先達者《せんだつしゃ》である親方を前に大言《たいげん》を叩かれると……その、非常に居たたまれなく感じてしまう。

そんな訳でミコトを諫《いさ》めるべく口を開こうとして——それよりも僅かに親方が口を開く

方が早かった。

「ほっ、そうじゃの。少なくともワシはこ奴以上に優れた製作能力を持つ者は知らんの」

「親方⁉」

「如何《いか》にも。マスターこそが世界一の創物者《マスター》なのです」

何をトチ狂ったのか、今度は親方がとんでもないことを言い出し始めてしまったせいで
……あーあ、見てくれよミコトのヤツを。いい気になっちまって小鼻の穴がひくひくしてら。

「アホっ！　世辞《せじ》に決まってるだろ」

「ほぁっ⁉」

これ以上恥を掻《か》かされてなるものかと、ぽこっとミコトの頭に拳骨《げんこつ》を落とす。俺を評価してくれてるのは嬉しいが、それは盲信《もうしん》というものだ。

――だが親方から返ってきたのは意外にも、ミコトだけでなく俺も否定する言葉であった。

「馬鹿モン。世辞など言うか。……まあ、かと言って最後のは頷《うなず》きゃせんがの」

「「え？」」

ミコトと二人同時に疑問の声を上げると、親方は俺たちに苦笑いを向けた。

「当たり前じゃろうが。設計図《レコード》無しで戦闘妖精や魂装兵器を作れる者なぞ、ワシの知る限りじゃこの街には一人もおらんわい」

「らしいですね」

それについてはサラも同じことを言ってたな。俺がミコトや《星宿の銀腕》をマニュアル操作で作り上げたことにも随分と驚いてたし。

戦闘妖精や魂装兵器を作製する方法は大きく二つに分けられる。【設計図《メモリーマップ》】というアイテムを使うか、もしくは自らの手で作るかだ。

前者は自動《オート》で後者は手動《マニュアル》での作製という違いだが、以前チュートリアルでナビ子も言ってたようにマニュアル作製は俗に言う廃人向け《エンドコンテンツ》の一つなので、基本的に設計図を使用しての作製が普通なのだが――。

(俺からすりゃ、それが普通だからなぁ)

完成させて当たり前。大事なのはどれだけ納得のいく仕上がりに収められるかどうかなのだから、今更作り上げたことを称賛されても喜べやしないのであった。

「ふふ～ん♪」

だが一方の相方はというと親方の援護射撃を受け、清々しいまでのどや顔を晒《さら》していた。

どうでもいいが耳と尻尾が見え隠れしてるぞ、猫かぶり娘め。

だからという訳ではないだろうが、そんな感じで上機嫌《じょうきげん》なミコトに対し親方は「じゃが――」と一度言葉を区切るなり、今度はその無防備を晒すミコトの背中を撃ち抜くのであった。

「世界一、とは言えんのぉ。何を以《もっ》て〝世界一〟とするかはさて置くにしろ、それでもこ奴は最強でもなければ最優でもないことだけは確かじゃろい」

「…………」

「睨《にら》むでない。確かにこ奴の製作技術は他と比べても一線を画《かく》すが、それ以外はてんで話にならんレベルじゃろうが」

「ですね」

俺としても異論はない。第一Doll's Order《このゲーム》の最終目標は戦闘妖精の作製ではなく、いつか【神性妖機《エターナル》】と呼ばれる更なる存在へと昇華《しょうか》させることなのだから。それに当て嵌《は》めて考えれば、せいぜい俺は他の創物者よりもちょっとだけスタートダッシュに成功しただけの存在に過ぎやしないだけだ。

なので親方の言にも頷くばかりなのだが……ミコトはその端正な顔立ちに隠しようがないほどの不満を色濃く浮かべてみせた。

「…………うぅ」

それでもそれを認めざるを得ないことは理解したのか、特にそれ以上何も言うこともなく——最後にはしゅんと肩を落とすのであった。

（けどそう考えると……俺ってけっこう変な創物者だよな）

他の創物者とのスタートが違うというか……さっきの例で喩《たと》えるなら、抜きん出た製作能力によってスタートダッシュを成功させはしたものの、代わりにゲームに対する知識や経験が不足しているせいで結局差し引きがゼロになってるみたいな。

この間のズィークとの一戦が最たる例だ。もしも俺にDoll's Orderまでとは言わずも、せめて一般的なＭＭＯに関する知識があったならあそこまでズィークに翻弄《ほんろう》されることもなかったかもしれない。尤も、それと引き換えにミコトではなくチュートリアルで貰える戦闘妖精で戦っていたら絶対負けてた自信しかないのだが。

ちなみにズィークがあそこまで俺の居場所を正確に把握《はあく》できていたのは、決闘の直前にズィークに使われていたアイテムが原因だったのだという。俺自身もルールの詳細をキチンと確認するのを怠《おこた》っていたり、また知らずともズィークと同じく決闘にアイテムを持ち込んだ身なので（正しくは素材アイテムだが）一概にはズィークを非難する資格は無いのかもしれないが……正直卑怯《ひきょう》だと思った。

けどそれをサラに愚痴《ぐち》ったところ、たった一言、

『引っ掛かる方が悪いのよ』

そう言われてしまえば、それ以上文句を口にすることなどできる筈もない。無知であり続けることの危険性を体験できたと思い込むしかなかった……。

結局何が言いたいのかというと……いくらモノを作ることが俺の持ち味だとはいえ、それだけに感《かま》けていたら絶対にいつかはどうしようもなくなるであろうし——延《ひ》いてはいつまで経ってもミコトは未完成のままになってしまうということだ。（そうさせないためにも——）

ぽん、とミコトの頭に手を乗せる。

「今はまだ、ってだけだ。別に俺もお前も最強でも最優でもないけどさ——けどだからって、いつまでもずっとこのままでいるつもりなんてないぜ？」

ニィっ、と笑いながら宣言する。

ミコトを完成させる——それはつまり、ミコトを未だ誰も到達させたことのない神性妖機というステージへと至らしめるということであり、また同時に、俺自身も名実共に世界一の創物者であることが証明されることにおいて他ならない。

「付き合ってくれるよな？」

「は、はいっ！　もちろんですっ！　わたくし、今よりももっともっと強くなってみせます!!」

「ああ、信じてるよ。だから焦らず行こうぜ？　まだまだ先は長いんだ――楽しんでこうぜ。相棒」

「――っっ！！！？」

くしゃっ、とミコトの髪を撫で回しながらそう告げたのだが……いったいどうしたというのか、ミコトは感極まったように目を見開くとぱたんっ！　とその場に崩れ落ちてしまった。

「お、おいっ⁉　ミコ――って顔赤っ⁉」

「こ、これは……ま、まぎれもなく、ぷ、ぽろぽー……ず……」

慌ててミコトを抱え起こすも、白目を向いたミコトは小声で最後に何かを呟くと「ぷしゅぅ～……」と奇妙な鳴き声（？）をあげて起動待機状態《スタンバイモード》に移行してしまうのだった。

3

気絶したミコトもドールトランクに送還し終えたことだし、そろそろ本題に入るとしよう。俺は咳払《せきばら》いを一つすると、改まって親方に話を切り出した。

「コホンッ――それでですね親方。こないだ取り置きを頼んでいたあいつを引き取りに来たんですけどいいでしょうか？」

「ん？　おお、そういえば期日は今日までだったか……。前にも言ったが売るのは別に構わんが金はあるのか？　知っとると思うが、戦闘妖精の購入には相当の金が必要になるぞ？」

「はい。それは大丈夫です。こないだの決闘で入った報酬《ほうしゅう》と、さっきいくつかのアイテムが売れてたのを合わせればギリギリですけど足りそうです」

決闘の仕様として勝者には報酬《リワード》、敗者には罰則《ペナルティ》が与えられるのだが、その報酬の一つに含まれるG《ゴールド》は敗者が罰則によって失ったGから捻出されているのだという（失うと言っても所持金の何割かを徴収《ちょうしゅう》されるだけだが）。

だから本来決闘をする時は負けた時のリスクを考え、先にプライベートルームにGを預けるのが常識なのだそうだが……にもかかわらず、俺の所持金が一気に二桁も増えることとなったのは、偏《ひとえ》に〝自分が初心者に負ける筈がない〟というズィークの慢心《まんしん》が招いた結果であった。そんなワケで今の俺は初心者の身でありながらもちょっとした小金持ちであり、戦闘妖精の一体くらいならば購入するのも不可能ではないのであった。

「成程の。それならば納得じゃて」

親方は一つ頷くとメニュー画面を操作し一つのドールトランクを具現化した。

「それが取り置き分のやつじゃ。購入するのであれば代金とは別に七日分の取り置き料として七%を貰うからの」

「はい」

軽く頭を下げ中身を確認する。そんな俺にふと疑問を覚えでもしたのか、親方は不思議そうに首を傾げると話し掛けてきた。

「そういえばお主、自分で戦闘妖精を作るためにGを貯めていたのではなかったか？」

「え？　あぁ、はいそうですね。けど今はミコトの完成を目指すのを第一優先にしてますね」

「む？　なら今あるGは嬢ちゃんを強化に充《あ》てるか新しい戦闘妖精を作る費用にした方が良いのではないか？」

「……そうですね。効率を考えたら、そうすべきなんでしょうね」

親方の言う通り、本来ならここで戦闘妖精を買うべきではないのかもしれない。けど、それでも敢《あ》えて購入するに踏み切ったのはそれらを効率を後回しにしてでも優先したいという意思が存在しているからだ。

「――よし。ギリ足りるな。親方、こいつを譲《ゆず》ってください」

「むぅ……それは構わんがの……」

親方が表情を曇《くも》らす。こいつの境遇と状態の酷さを知る親方だからこその反応とも言えよう。

「最後にもう一度だけ確認するが、本当によいのじゃな？　希少素材《レア》じゃった【ミトセナイラの毒尾棘《びきょく》】も無くなっておるし、強力なスキルを覚えているわけでもない。――それでもそやつを求めるのか？」

「はい」

何ら問題は無いと頷くと、親方は俺の真意を探るかのように強い眼差しを向けてきて――やがて神妙な面持ちで頷くのであった。

「――あい分かった。お主に託《たく》そう」

そう言ってボサボサの頭を掻き毟《むし》る親方。いろいろ思うところがあるだろうに、それでも親方は俺を信じてくれたのだ。

「任せたぞ」

「はい」

――こうして俺は価格以上に高い価値と重い信頼を秘めた戦闘妖精を親方から譲り受けたのであった。

5

翌日。

プライベートルームに入室するなり、早々に9号を召喚《しょうかん》したのだが……。

(――酷い)

その一言に尽きた。

凹《へこ》みやヒビ割れといった傷など序の口で、ぽっかりと空いた眼窩《がんか》は剥き出しで欠損した四肢《しし》からは千切れた魔煌弦《マナ・ストリングス》がだらりと垂れ下がってしまっている。システムを利用した自動修復ならば簡単に直せるのかもしれないが、自分の手で修復する俺からすればこの損傷具合は相当に深刻だ。接合や乾燥が一瞬で終わるので現実世界の何倍も早く時間は短縮できるが――それでも一日や二日じゃとても終わりはしない。

「まあ納期が定められてないだけ全然マシだが」

「?」

「独り言だ」

咳払いで誤魔化す。今も視線を向けてくるミコトに気付かないフリをしつつ、俺は表示されているホログラムウィンドウの内容に目を走らせる。

【Name：9】

※起動不可

【Lv：32】

【Grade：★★★★★★★】

【Type：陶磁器人形《ビスク・ドール》】

【Status】

耐久性（HP）：0／1228

精神力（MP）：79／274

物理攻撃力（STR）：71

物理防御力（DEF）：63

魔法攻撃力（ＭＡＴ）：１３９
魔法防御力（ＭＤＥ）：１１２
敏捷性（ＡＧＩ）：77
器用性（ＤＥＸ）：26
運（ＬＵＫ）：18

【Ｓｋｉｌｌ】
▽《マジックショット》
▽《プロテクション》

【Ｏｗｎｅｒ：いろは】

一つずつ確認していこう。

まずグレードがゼロになっている件についてだが、これは9号が起動できない状態だからだろう。マニュアルに記載が無い事項なので情報源《ソース》はネットや掲示板で得たものになるが、そこに書かれていたことによると〝どれほど優れた戦闘妖精であろうとも、起動不可状態になるとグレードは必ずゼロになる〟のだという。

幸いにも俺はこれまで一度もミコトを起動できない状態にさせたことはなかったのでこうして目《ま》の当たりにするのは初めてなのだが、他の創物者たちが上げた情報と一致している。

だがそうすると一つの疑問が浮かんでくる。

――そもそもこの仕様には、いったい何の意味が在るのか、と。

(グレードは戦闘妖精の潜在能力を表す以外にもイベント関連にも影響するんだったよな？　起動しないからイベントが発生しないってのには納得できるが……そもそもグレードを下げる必要ってあるのか？)

早い話〝HPがゼロになった戦闘妖精はイベントの発生と参加が不可能〟と設定すれば済む話なのだ。なのにどうしてわざわざグレードをゼロにする必要はあるのか？

(でもその理由は調べても分からなかったんだよな)

記載されてるのはそうなるという結果ばかりで、それどころか俺と同じ疑問を持った人間がいたかどうかすら分からなかった。この件については暇な時にでも調べ直してみよう。
次に9号が取得しているスキルを確認すべく、スキル名の前に表示されている▽をタップしてツリーを展開する。

アクティブ：スキルスロット【1】

◆スキル名
《マジックショット》

◆スキルランク
【☆★★★★★★★】
◆属性
【魔法系統・無属性】
◆射程《しゃてい》
【近・中】
◆最大捕捉
【1】
◆消費MP
【5】

◆再使用時間《リキャストタイム》

【5秒】

◆スキル詳細

【魔法系統の基本攻撃スキルの一つ。MP消費が少なく再使用時間も短いが威力《いりょく》は極低】

◆特殊効果

【―】

アクティブ：スキルスロット【2】

◆スキル名
《プロテクション》
◆スキルランク
【☆☆★★★★★★】
◆属性
【魔法系統・無属性】
◆射程
【自身を中点とした半径５ｍ】
◆最大捕捉
【１～５】

◆消費ＭＰ
【25】
◆再使用時間《リキャストタイム》
【30秒】
◆スキル詳細
【魔法系統の基本防御スキルの一つ。物理攻撃を遮断、軽減する効果を持つバリアを展開する】
◆特殊効果
【—】

陶磁器人形《ビスク・ドール》である9号は種族特性として物理系統のステータスが伸び悩む宿命にあるが、代わりに高い魔法系統の素養を持っており、だからそんな9号が二つの魔法系統のスキルを持っているのも何ら可笑《おか》しなことではない。ないのだが……レベルが32もあるのに取得しているのが初期スキルしかないのが少しだけ引っ掛かった。ここまでレベルが上がるまでにスキルを取得したりしなかったのだろうか？

（あ、そういやサラが前にスキルの取得は中々難しいもんだって言ってたっけな。てか、スキルの取得とレベルは関係無いのか？）

ミコトが《ストライクブロー》と《ミコトすぺしゃる》を取得したのはちょうど今のレベルになってからだが、そのどちらもがレベルアップしたタイミングで取得したものではなかった。《ミコトすぺしゃる》に至ってはミコトがシャドーをしている時に取得したスキルだというのだから首を傾げる他あるまい。レベルが絶対的な条件というわけでもないのかもしれないな。

ちなみだが機巧人形であるミコトの種族特性は物理性能に優れ、代償として魔法全般を苦手としているので、もしあの決闘で初期スキルとはいえ9号に魔法スキルを使われていたら俺たちは敗北していた可能性すら否定できないのでほっと胸を撫で下ろすばかりである。

（あと気になったことと言ったら……【Ｏｗｎｅｒ】が俺の名前に変わってることか？）

だがこれは9号を親方から譲り受けた時点で書き換わったのだろう。ここに表記されるのは製作者の名前ではなく、現在の所有者《マスター》の名前が表示される仕様らしい。

軽く目を通して気になったのは――これくらいかな。あとは9号を修理してから考えることにしよう。

「っし。じゃあ始めるとするかな。ミコトはどうする？　トランクに戻ってるか？」

「いえ。よろしければこのまま見させていただいてもよろしいでしょうか？」

「それは別にいいけど……見てたって何も面白くないだろ？」

大量に買い揃えた材料を用意しながら聞く。

「そんなことありませんよ。マスターを見てるだけでも十分に面白いです」

「帰れ」

「ふぁッ!?　あ、ちょ、すみませんマスターそういう意味ではなくてで――」

有無《うむ》を言わさずミコトを強制送還させる。今日の召喚時間は三分ちょっとと実にウルトラな戦士も真っ青な記録であろう。

「ったく、あいつは……」

ブツブツと独り言を呟きながら手を動かす。9号には是非とも普通であってもらいたいものだ。

（しかしあれだな。こうしてゆっくり観察すると――）

物言わず作業台の上で横たわる9号を眺める。生粋《きっすい》の日本人――いやこの場合は日本人形か？　――とにかく見た目だけなら大和撫子しているミコトとは違い、9号は陶磁器人形の発祥の地である西ヨーロッパに見られる人形の顔立ちをしてるな。今は傷だらけなので分かりづらいが、もしかするとミコトどころか俺よりも歳上に見えるかもしれない。

それとサラと同じ金髪と一括《ひとくく》りで言っても大分違うことがよく分かった。淡い金色をしたサラに対し、9号の金髪は仄《ほの》かに朱が差しているのだ。ボサボサに乱れ艶《つや》も失ってしまっているが本来はさぞかし美しい髪をしていたに違いなかろう。

（……バッサリ切る案は却下《きゃっか》だな）

ここだけの話、時間短縮のために髪はバッサリ切ろうかななんて考え付いていたのだが……やはりそんな真似《まね》ができよう筈もなく。

（髪は後回しにして、まずは損傷してる箇所《かしょ》から直していこう）

9号の服をすべて脱がし（修理の為《ため》です。他意はありません）無数に刻まれた傷跡を一つ一つ丁寧に消していく。気が遠くなる、ひたすらに地道な作業ではあるものの苦に感じないのは経験が齎す賜物《たまもの》か。

（このペースだと、今日は良くて胴体までだな）

できることなら腕部まで直したかったのが、今日はあと一時間ちょっとしか残り時間がないのだから仕方がない。

（いつも設定を変更するの忘れちまうんだよなあ……。今日こそログアウトしたらすぐ変更しとかなきゃな）

――自動ログアウトシステム。

ダイバーギアには装着者の健康と安全を守るためにいくつかの制限が設けられており、その条件を満たした装着者は強制的にログアウトされる機能が搭載《プリインストール》されている。今回の俺で言えば〝予め《あらかじ》設定した時間の経過〟が当て嵌まるのだが、これはダイバーギアの長時間運用を禁止させるためだという。いつまでも仮想世界に居続けたいと願う人間がいるかもしれないことを考えたら、この機能が搭載《とうさい》されているのも至極当然と言える。

（気持ちは分かるしな）

俺だって、もしも天涯《てんがい》孤独《こどく》の身であったならそう思っていたかもしれない。喩えバーチャルでしかないと分かっていても、それでもただ辛く苦いだけの現実の世界に比べれば遥かに居心地が良いのだから。苛《さいな》む後悔や絶望が深ければ深い者ほど、仮想世界に依存する傾向にあるのはそのためだ。

(だからそういった奴ほどこの世界では強いんだろうけど)

仮想世界にのめり込み、Doll's Order に時間を多く割けば割いた分だけ強くなるのも道理なのだから。

6

ダイバーギアを外し、俺の腕を抱き枕にして寝息を立てている妹《ゆめ》を揺さぶり起こす。

「おい。起きろゆめ。制服に皺《しわ》がつくぞ」

「…………ふぁ～……おはよー……」

眠りが浅かったのだろう。ゆめはすぐに目を覚ますとベッドから下り立った。

「おかえり兄さん。ベッド、あったためといてあげたよ」

「なに良いことしましたみたいな顔してんのお前?」

「あたっ⁉」

ズビシッ、と軽くチョップで返礼すると、ゆめが恨みがましい目を向けてくる。何故不満そうにするんだか。

「酷い！　兄さんの為を思ってベットを温めておいてあげたのにっ！　何処《どこ》ぞの戦国武将のやつみたいに！」

「いや酷いも何も、先にベッドに入ってたのは俺の方だろうがよ」

だから俺がベッドを温めてた側だ。

「ちなみに秀吉と信長の草履《ぞうり》を温める為に懐に入れたって件《くだり》は本当に秀吉が信長の為を想ってやったことであって、間違っても今のお前みたいに言い逃れするために言ったワケじゃないからな」

「♪〜〜」

腹が立つくらいに上手に口笛を吹くゆめが目を逸らす。その様子から所謂《いわゆる》〝かまってサイン〟を発信しているのだろうと察した俺はその期待に答えるべく、ベッドから身を起こすと何かを探すフリを始めた。

「？　兄さん？　なにか探してるの？」

「あぁ。ついさっきまであった筈のまな板を探してんだ」

「は？　まな板？」

「そ。まな板。寝てる時、腕にゴリゴリ当たってて痛かったんだよなぁ」

ゆめのとある部分に目を向けてそう言うと——視線に誘導されたゆめは自身の胸元へと視線を落とした。

「————」

「おっ。あったねぇ見つけたねぇまな板！　ていうかゆめ、お前まな板装備してＤＥＦ上げるの止《や》めろよなー」

そろそろまな板を母さんに返さなければ、夕飯の準備に支障が出るかもしれない。俺はDoll's Order のメニュー画面を立ち上げるように指を数度振る。

「メニュー画面を立ち上げて、ゆめからまな板の装備を解除……ん？　〝このまな板を取り外すことはできません〟？　ってことはあれか！　これから先もずっとゆめはまな板を装備し続けなきゃいけないってことか！」

そりゃ大変だなぁおい！　とフランクに笑いながらゆめに視線を戻すと——そこにはいつかの９号を彷彿《ほうふつ》とさせる、一切の感情を感じさせない妹様の姿があった。

「…………なんちゃって」

「…………」

「は、はは」

「アハハハ」

「は、ははっ」

「なにが可笑しいの？」

ガシッ！　と肩を掴まれる。ゆめの細い指がギリギリと食い込み痛みを訴えるが……今の俺に、発言権は……無いッ！

「お兄ちゃん。ちょっと私の部屋でお話しよ？　ねっ？」

「はい」

目だけが笑っていない満面の笑みでそう言われては断れる筈もなく、俺は執行台に上がる処刑者の心境が如《ごと》くゆめと共に自室を出るのであった。

「──────ログアウト」

「なにか言った？」

いやなにも？

◇◆◇　◇◆◇　◇◆◇

「へぇ～、じゃあ今はその子を直してるんだ？」
「ミコトの改良も終わったからな」
夕飯までの間、自然とゆめの自室で取り留めの無い会話を交わす流れとなった。二転三転と話題が変わる中で、今の話題は今日のDoll's Orderでの出来事について話しているところだ。

「でも元が魔法使いタイプの人形だったとしても、またそういう風に作り直せるものなの？」

「んー、ていうか戦闘妖精のステータス値の割り振りってプレイヤーには一切できないんだよ。だからどんなステータスをしてたとしても、魔法スキルをメインにしてるんならそいつはもう魔法型の戦闘妖精になるって感じだな」

ちなみにレベルアップ時などのステータスの上昇率は戦闘妖精のランクに依存し、どのステータス項目に割り振られるかについては戦闘妖精のタイプによってある程度の補正が入ると公式は公表しているものの——レベルアップするまでにどのような戦い方をしてきたのかにもよって多少のステ振りに補正が入るのかどうかという件については未だ正式な回答は行ってはいないのだという。

「9号は魔法スキルこそ一つも持ってなかったけど、でも魔法を扱う土台《ステータス》はあったんだよ。修復すればもっとステータスは伸ばせるだろうから、あとはスキルをどうにかすれば万事解決ってわけだな」

ミコトが格闘型の戦闘妖精だから、9号が魔法型になってくれるとバランスが良くなるというわけだ。今はよくとも、この先物理一辺倒《いっぺんとう》で攻略できるとはあまり思えないからな。

「ふ〜ん……へぇ〜……」

「……んだよ、その顔は」

わざとらしい様子でニマニマと笑うゆめに嫌な予感を感じつつも話を振ると、ゆめは
「いや別に大したことじゃないんだけどね？」と前置きを置いてから言葉を連ねた。

「なんていうか兄さん、もう完全にハマってるなー、って思っただけだよ」

「……」

瞬間、思い返したのはダイバーギアを譲り受けた時の自分の態度。つい反射的に顔を顰め口を閉ざした俺であったが、そんな俺の姿がツボったのかゆめはクスクスと笑い始めるのであった。

「……もういい時間だし、そろそろ下行くぞ」

「はーい！」

その話題を出されては当分は勝ち目などある筈もなく、俺は事実上の白旗を上げるとゆめを伴《ともな》って一階のリビングへと向かうべく腰を上げるのであった。

「ね、兄さん。Doll's Order、楽しい？」

「お前をからかう次くらいには面白いよ」

それって喜ぶべきなのかな？　と考え始めたゆめを置き去りにして、俺はゆめの部屋をあとにするのであった。

再起動《リブート》

1

一夜明けて。
いつも通りの時間にログインすると未読メッセージを知らせるアイコンが点灯していた。

フレンドの【サラ】さんからメッセージが届いています

受信時刻：十四分前
件名：新イベントについて
添付データ：
本文：ごきげんよう。ミコトの改良はもう終わったかしら？
次回開催されるイベントについてなのだけど、どうやらレイドイベントになるらしいわ。
希少なアイテムを入手できるチャンスだけれど、貴方は参加するの？

「イベントか」
悩みどころではある。レアアイテムを手に入るチャンスだというのであれば参加したいところではあるが、俺みたいな初心者が参加したところで満足のいく結果を残すことなどできやしないだろう。となると当然その結果に相応しいだけのアイテムしか手に入れられないことなど想像するに容易《たやす》く、ならば参加しても時間の無駄にしかならないのであれば

見送るという選択肢も視野に入れるべきだろう。

（ミコトに聞いてみるか）

どうあれ、実際に戦うのはミコトなのだ。もしもミコトが難色を示すようならば今回は見送ることとしよう。

メニューを操作しミコトを呼び出した俺は、そのままサラから受信したメールを見せてからミコトに意見を求めた。

「――ってな感じなんだがどう思う？　俺たちが参加しても活躍するのは難しいとは思うが……」

「いいえマスター。絶対に参加すべきです」

言外に〝参加しなくてもいいんだぞ？〟と匂わせて訊《たず》ねてみたのだが、返ってきた答えはそれを真っ向から否定するものであった。

「根拠はありませんが……ですがわたくしは、マスターはこの世界で起きる異変《いべんと》には積極的に関わっていくべきだと感じております」

「ふむ」

思っている、ではなく感じている、か。それが戦闘妖精としての本能《プログラム》なのかどうかはさておき、こうもハッキリと断言されたのであればそれに従わない理由も無い。

「分かった。どこまで俺たちの力が通用するかは分からないが、やれるだけのことはやってみるか」

「はいっ！　精一杯頑張ります！」

ふんす！　と気合を入れて答えるミコトの頭をポンと叩いてから「頼りにしてるぞ」と伝えると、ミコトはますますやる気を滾《たぎ》らせたのか「しゅっ、しゅっ！」といつものシャドーを始めた。

（取り敢えずサラに連絡するか）

鼻歌交じりでキレッキレのシャドーを繰り出すミコトを視界の端に映しつつサラにメッセージを送ると、丁度あちらも時間の都合が合うとのことだったのでアン珈琲店で落ち合うこととなった。イベントの詳細を聞くのが本題だが、もんざえもんと会うのも久しぶりなので少し楽しみである。

――何か忘れてるような気がするのだが……はて？

2

「ここで遭《あ》ったが百年目えぇぇぇぇぇぇぇぇ――――ッッ!!」

カランッ、とベルを鳴らして店に入ってきたサラを視界に入れるや、ミコトは跳ねるようにして椅子から立ち上がると即座に戦闘態勢へと移行した。

「アガートラームアガートラームアガートラームアガートラームぅぅぅぅぅぅ!! ……は、発動しない⁉ 何故発動しない⁉ MPが足らない⁉ いいえ違います違います! これは――……マスター!! 《穢れ無き、銀河に響け星の夢》の発動許可を! この金髪を排除します!!」

「喧しいッ!!」

わりと手加減抜きでミコトの頭を叩いたのだが、しかしそこは流石機巧人形。物理防御力がそれなりに高いせいなのか全く効いた様子がない。

「何故ですかマスター? 彼奴《きゃつ》めはまさに不倶戴天《ふぐたいてん》の怨敵《おんてき》! ここで仕留めておけば異変《いべんと》でも確実に有利になりますのに!!」

「お前はサラに親でも殺されたのかよ」

「わたくしの親《マスター》はマスター一人です!」

「知ってるわ!」

ぎゃーすかと喧しく騒ぐミコトの首根っこを掴み目を合わす。

「思い出した。そういやお前、結局サラと仲直りしてなかったんだよな？　しかもさっきのサラへの反応はなんだ？　あれが和解を求める奴の態度か？　あぁん？」

「う……え、えぇと、それはその…………………拳と拳で語り合いましょう、的な？」

「ほぅ……それで開幕速攻で切り札を切ろうとしたと？　〝語り合う〟んじゃなかったのか？」

「ほわっ⁉　まま、マスター、でーぶいです！　それはでーぶいです家庭内暴力です‼」

何処から得た知識なのか、「のっとでーぶい！」と目を潤《うる》ませて情に訴えてくるミコトに…………ハァ。すっかり毒気を抜かれてしまった俺はミコトから手を放すとサラへと向かい合った。

「ミコトがすまないな」

そう告げて頭を下げる。後ろから「マスター⁉」といったミコトの悲痛な叫び声が聞こえるが今は無視だ。

「別に頭を下げるほどのことでもないでしょう。特に危害は無いのだし」

「けど良い気はしないだろ。本気でなかったにしろシステム的に不可能だったにしろ、戦闘妖精が勢いよく突っ込んで来たら俺だったらビビるし――」

顔を上げ、小さな身体のサラを後ろに隠しつつも腰が引けているもんざえもんへと歩み寄ってからその頭を撫でる。

「こうして、実際に驚かせちまってる奴がいるのは事実なんだから」

「クマァー♥」

興奮して目に入っていなかったのか、背後から誰かが小さく「ぁ……」と呟いた声が聞こえた。――少し暴走しやすいが、良い子であることには疑いようがないのでこれで分かってくれた筈だ。

「いいわ。謝罪を受け入れるわ」

やれやれとでも言いたげな態度を見せるサラだが、言外に〝これ以上口にするな〟と言っているので頷くだけに留めた。

「それじゃあ時間も勿体《もったい》無いことだし、早速本題について話しましょうか」

「だな」

集まるギャラリーの視線に気恥ずかしさを感じつつも、席に座ったサラのあとに続き座ろうとしたところで――ミコトから静止の声が上がった。

「ミコト?」

どうしたのかと振り向くと、ミコトはちらっと俺を見るやすぐにその視線をサラへと移すと、

「あの、その……、っ、…………………すみませんでした」

拗ねた子どもみたいな態度ながらも、それでも確かにちゃんと謝ってみせたミコトに、サラは慈愛《じあい》を滲《にじ》ませた微笑みをもって答えてみせる。

「〝いろはからの好感度－10〟、ってところかしら？　大好きなマスターを取ってしまって、わたくしの方こそごめんなさいね？」

「《穢れ無き、銀河に響け星の夢《アガートラーム》》うううううううううううう――!!」

「だからやめいっ！」

より増した周囲からの好奇の視線を無視しつつ、ミコトの手を引いて席へと着いた。

「それでメールに書いてあったイベントについてだが」

「ええ。詳細はまだ告知されていないのだけれど、予想ではイベントの開始は二週間後の金曜日――内容はレイドボスの討伐《とうばつ》になるのではないかと予想されているわ」

電脳世界なだけあり、注文した瞬間にはもう出されていた紅茶でサラが喉を潤す。

〝誰の予想なんだ〟とか〝どうしてそう予想したんだ〟とかといった疑問が瞬時に浮かんだが――それよりもまず確認しておかなければならないのは、

「その、そもそもレイドボスってのは何なんだ？　ナイトメアとは何が違うんだ？」

俺が経験したことがあるのは、ゴブリンやリザードマンを初めとしたナイトメアとの戦闘とズィークとの決闘だけであり、レイドボスと戦ったことは一度も無い（イベントへの参加が初めてなので当然なのだが）。

「ボスって以上メチャクチャ強いんだろうなってことくらいしか想像が付かないんだが……」

「まあボスだもの。そこいらの有象無象《うぞうむぞう》のザコとは比べ物にならないわ」

カップをソーサーに戻したサラはしなやかな指先を虚空になぞらせると、俺の元に幾つかの画像データとテキストファイルを送ってきた。

「前回のレイドバトルについての情報よ。これと合わせながら説明するわ」

追加でスコーンを注文したサラが三枚の画像データとテキストファイルを可視化モードで展開させるように指示してきたので、その通りに従う。

「まずはレイドについての説明ね。

大規模討伐戦――一般的にレイドバトル、レイドイベントと呼ばれているわ。簡単に言えば、特殊個体のナイトメアをイベントの参加者全員で協力して討伐するイベントといったところね」

「全員でか？」

「ええ。全員で、よ。レイドボスはリポップしないから、討伐間際には何人もの創物者たちが玉砕《ぎょくさい》覚悟でラストアタックを仕掛けるの。中々に壮観な光景が見られるわよ――それこそまさに、卵管膨大部《らんかんぼうだいぶ》の元へと必死で向かう精子を彷彿とさせるが如く」

「ブフォッッ！！？」

勢い良くコーラを吹き出してしまう。驚くミコトともんざえもんを視界の端に映しながら、俺は咽《むせ》ながらもサラを睨みつけるのであった。

「おまっ、ガキのくせになんつー下品な喩えをするんだよッ！　もうちょっとマシな喩えがあっただろうが!!」

「……？　私の発言の何処に下品な箇所があったのかしら？」

「ど、どこってお前……そ、そりゃあ、その……」

「なにかしら？　良く聞こえなかったわ。もう一度言ってもらえないかしら」

「だ、だからっっ！　その…………せ、精子、とか、女の子が言うなっての……」

カァァァ、と些《いささ》か表現過多が過ぎる表情エフェクトを恨めしく思いながらサラを咎《とが》める。

なんで俺がこんな辱《はずかし》めを受けなきゃならないんだよ……！

だというのに当の本人はというとまるで意に介した様子を見せず、それどころかこちらへジト目を向けてくる始末だ。

「何をそんなに興奮しているのかしら貴方は。保健体育の教科書の挿絵《さしえ》を見て興奮する中

学生じゃあるまいし」

見ているこっちが恥ずかしくなるわ、とサラが付け加えるが……俺はお前の恥ずかしがるポイントがわかんねぇわ。

「ああもうっ、いいからさっさと話を進めてくれ」

グイッ、とコーラを飲み干し、話を打ち切らせる。「いっせのせー、にっ！」「クマぁっ♪」と親指が何本あがるかといったゲームで遊んでいるミコトともんざえもんの、何と穢《けが》れ無きことか。

サラとしてもこれ以上の脱線は望むところではなかったのか、「貴方から言い出した癖に……」とブツブツ呟くもあっさりと話を戻した。

「こほんっ、ええと――それでレイドイベントだけれど、レイドイベントに参加すると報酬が得られるわ。報酬はイベントの攻略に対しどれだけ貢献《こうけん》したかで変動するわ。中にはこのイベントでしか入手できないような珍しいアイテムや素材もあると言われているわね」

「あー、まあそりゃそうだよな」

むしろ無い方が可笑しいまであるか。参加する以上は俺もそういったレアアイテムや希少な素材を狙いたいところではあるが、余程の幸運でも舞い降りてこない限り難しいだろう。

「今の貴方であっても参加さえすればそれだけで報酬は得られるのだから、これに参加しない理由は無いと思うわよ」

「ああ。そうだな」

イベントまで二週間の猶予《ゆうよ》があるのだからこの際予定を少し変え、9号の修理とミコトのレベル上げを同時進行させるのも有りか？　入手したアイテムや素材で二人を更に強化できれば万々歳なわけだし。

捕らぬ狸《たぬき》のなんとやらといった感じではあるが、時間がある時にでももう一度だけ一考しようと頭の片隅に書き連ねると、俺はサラに話の続きを促した。

「次にレイドボスについてだけれど――これを見て頂戴」

ピッ、という電子音と共に再生されたのは時間にして三十分ほどの動画データだ。遠近感が狂う程に馬鹿デカい図体《ずうたい》をした竜に向かって、何体もの戦闘妖精が一斉に攻撃を仕掛けている。

「これは二回目のレイドイベントの時に撮られた動画よ。観て分かるように、レイドボスとの戦闘は通常の戦闘とは大きく異なる点があるわ」

「多人数対一」

「そう。レイドバトルは他の創物者と肩を並べて行うの。だから通常の戦闘とはまた違った立ち回り方が要求されるわ」

ここを観なさい、とサラが動画のシークバーを操作する——再生された先では竜が巨大すぎる魔法陣を展開し、全方位への一斉攻撃を放つ瞬間が映されていた。

『GYAAAAAAAAAAAA——!!』

轟《とどろ》く咆哮《ほうこう》の下、次々と焼失していく戦闘妖精たち。直撃してしまった戦闘妖精もいれば攻撃の余波を受け吹き飛ばされるだけで済んだ戦闘妖精も居たようなのだが、いずれもHPを全損させるには十分だったようで後に残されていたのは数えられる程度の戦闘妖精しか存在していない。

「なんだそりゃ……ヤバ過ぎだろ」

もんざえもんと遊んでいるミコトを横目で見る。さっきの攻撃は魔法によるものなのだろうか？　もしもこの場にミコトが居たとしたら……きっと、いや絶対に大多数の戦闘妖精たちと同じ末路を辿《たど》ることとなっていたことだろう。

(仮に物理属性の攻撃だったとしても耐えきれるものかどうか)

……いや。おそらく耐えられまい。

動画に映っていた戦闘妖精たちがどれくらいのレベルだったのかは分からないが、少なくともまだLv20にも達していないミコトよりかはレベルが高いことだろう。それでもそんな戦闘妖精たちであっても竜の攻撃に為《な》す術《すべ》もなく消滅させられてしまったのだからミコトなら耐えきれるなどという楽観視はしないべきだ。

想像以上の理不尽《りふじん》さを誇るレイドボスの凶悪さに頬を引き攣《つ》らせる俺だったが、しかしサラが伝えたかったのはそのことだけではなかったらしい。

「今の攻撃はレイドボス――【ミラフレイム】の特殊行動の一つよ。だからあんな馬鹿げた威力があったわけなのだけれど……見て貰いたいのはそこではないわ」

そう言いながら動画を一時停止させたサラが映された映像のある一部分を指し示す。そこには小さくないダメージを受けながらも、しかしそれでもレイドボスの攻撃を見事耐え抜き、尚《なお》も戦闘の継続が可能な戦闘妖精たちが数体映されていた。

「ミラフレイムはHPが20％を切ると即死級の威力の魔法を放つ特殊行動を取るレイドボスだったわ。耐えるにはある程度のステータスは勿論《もちろん》のこと、それに加えてなにかしらのスキルが絶対的に必要不可欠だったの」

ってことはあれか。消滅した戦闘妖精たちはダメージを軽減するスキルを持っていなかったか、あるいはスキルを使っても尚生き残れるだけの力《ステータス》が足りなかったってことか？

そう聞き返したのだが……返ってきたのはふるふると首を横に振っての否定であった。

「あぁいえ、それも間違いではないけれど……そもそもの話、残存している戦闘妖精の全員が全員、何かしらのスキルを使って生き残ったというわけではないのよ」

「は？　まさか、ステータスの高さにモノを言わせて耐え抜いたヤツがいるとでも？」

まあ可笑しな話でも不可能でもない、か……？　即死級の破壊力を秘めた攻撃であっても、当たれば必ず即死というわけではないのなら有り得ない話ではない。

だがそれもまた違ったらしく、サラは「いいえ」と短く告げると再びシークバーを操作し始める。

「――ここよ。この戦闘妖精をよく見てなさい」

コマ送りで再生され始めた動画を注視すると――……ん？　この戦闘妖精、今もしかして……。

「……今こいつ、バリアを張ったか？」

ミラフレイムが発した魔法のエフェクトと重なり合っていたせいで観にくかったが……間違いない。ミラフレイムの攻撃が着弾するまさにその瞬間、集団の先頭に立っていた戦闘妖精は防御スキルの一種と思われるバリアを確かに発動させていた。そしてそれは発動した本人は勿論、後ろに居た戦闘妖精たちをも守るように展開されているのが確認できた。

「防御スキルの一つ――《精霊の防護壁《スピリット・シールド》》よ。発動者の周囲に魔法ダメージを軽減する効果を持つ魔法よ」

正解、とサラが補足する。まるで予めバリアが張られることを知っていたかのような動きに――俺は今度こそサラの真意を正確に読み取った。

「――わかったぞ。お前が言いたいのは、これのことだな？」

　この戦闘妖精たち――いや、正しくはこいつらの創物者たちか――はミラフレイムが放つ即死魔法を知っていたのだろう。だからあの瞬間、攻撃していた戦闘妖精と入れ替わるようにして防御スキルを持つ戦闘妖精を前に立たせたのだ。

「そうよ。レイドボス攻略の糸口となるのは、どれだけ早くレイドボスの特殊行動とその発動条件を看破《かんぱ》できるかと瞬間的な判断能力よ。一見すると意味の無いようなレイドボスの行動であっても、でもその裏には何かしらの予兆や警告を含んでいる場合もあるわ。だからいろは。喩えどれだけ絶望的な状況《じょうきょう》下にあったとしても、絶対に考えることを止めては駄目よ。私たちが諦めない限り、戦闘妖精は最期の最後まで私たちの期待に応えてくれるのだから」

「――ああ、そうだな。俺も、心の底からそう思ってるよ」

　言われるまでもない。何故ならもうミコトにはこの上ない形で証明してもらっているのだから。

　俺の視線の先にいるミコト見て理由を察したサラは、それ以上言葉を重ねはせずに紅茶で喉を潤すのだった。

「――ところでだけど。貴方、レトロからあの戦闘妖精を購入したのでしょう？　相当酷い状態だったと記憶しているのだけれど、どこまで修理は進んでいるの？」

「ん？　あぁ、進捗《しんちょく》としてはまだ十％弱ってとこだな。それ自体は想定の範囲内だから別に構わないんだが……」

「だが？」

「それよりも、修復素材が思った以上に値が張ったせいでまた財布の中がスッカラカンになったことの方が地味に効いたわ」

親方は９号にはもうレアリティの高いアイテムは残っていないなんて言っていたが、それでも初心者の俺からすれば９号の素体に使われているアイテムはどれもこれもが二ランクか三ランクほど上の素材ばかりで、そのせいであれだけあったＧは一瞬にして消えてしまったのだ。……ま、まあちょっと予定してなかった、高い買い物をしたせいってのもあるんだが。

「けどそれに見合うだけの活躍はしてくれるだろうから、後悔はしてないけどな」

現時点では９号はミコトのレベルを大きく凌駕《りょうが》している。修復が完了すれば９号のランクはミコトと同じかそれ以上となり、ステータスもまたそれに相応しいものとなるであろう。敵対した時は恐ろしい存在であったが、味方として迎え入れた今となっては心強い即戦力となってくれるに違いない。

ニヤリと笑ってそう言うと、サラは「そう」とだけ淡々とした様子で頷いた。

「そうなると完成はいつ頃になりそうかしら？」

「んー……断言はできないけど……早くて五日ってとこかな」

ちなみにミコトを作製した時よりもずっと時間を要するのは9号の損傷があまりにもひどいからである。ズィークのバカがもう少し9号を大事にしてくれてたらこうはならなかったんだけどな！

「にしても、随分食い下がって訊いてくるじゃんかよ」

少し気になったので何とはなしに訊ねると、サラは一つのテキストファイルを展開しながら口を開いた。

「レイドイベ「レイドイベントでは三体までの戦闘妖精を同時に使役《しえき》することが可能ですからね。おそらくそのことを気に掛けてではないでしょうか？」

「え？」

突如サラの言葉に被《かぶ》せるようにして第三者の声が飛び込んできたので、そちらの方へと顔を向けると――そこには俺よりも少し年上に見える笹《ささ》状に伸びた耳（エルフ耳ってやつだ！）をした一人の美人と、そんな彼女に付き従っているメイド服姿の二人の少女の存在があった。

「えっと……？」

「ちっ」

戸惑う俺にエルフ耳のお姉さんは優美な微笑を向けたかと思うと、次いで忌々《いまいま》しそうな顔をしているサラへと向かい直った。

「久し振り、というほど日数は経ってないですね。御機嫌よう。〝おわらないせかい《ラビリンス》〟」

「御機嫌よう〝天使を従えし者《セイクリッド》〟。それで、いったい何用かしら？　貴女はこんな場所に現れるような女ではなかったと記憶していたのだけれど？」

「ふふっ、相変わらずですね貴女は。ですが今はこうして仲の良い方もいるようですし、どうやら私の心配は本当に杞憂に過ぎなかったということですね」

「……言っとくけど、別にそういうのじゃないわよ」

「ええそうね。そういうことにしておきましょうね」

「死にたいのかしら？」

そうして俺を置いて話し始める二人。どうやらサラはこのお姉さんとは顔見知りのようで、けれどニコニコとしているお姉さんとは対照的にサラは何とも険しい表情を浮かべている。

(けど嫌ってるわけじゃないみたいなんだよな)

一見するとお姉さんからサラへの一方通行のように見える関係だが、その実サラは興味の無い人間や嫌いな相手に対しては「そう」とか「ええ」などといった生返事しかしない人間なので、こうしてちゃんとした会話が成立している時点である程度は心を許しているということが窺える。

(てか俺は席を外した方がいいのかもな)

少なくとも俺はお呼びではないだろう。そう気を利かせ、静かに席を立って外そうとしたところで……お姉さんに声を掛けられてしまった。

「あ、ごめんなさい。話し込んでしまって……」

「いえ、大丈夫ですよ」

そう言ってそのままミコトたちがいるテーブルに移ろうとしたところで、またもやお姉さんから静止の声をかけられてしまった。そうなっては流石に歩みを進めるわけにはいかず、仕方なしに俺はイスから立ち上がった状態でお姉さんと向かい合うのであった。

「――」

するとその時、頭の片隅でチリッとした違和感を感じたような気がしたのだが――そんな感覚も次の瞬間には消え去った。年上と思われる女性――しかもとんでもない美人と向かい合わされれば、男なら誰だって頭の中が真っ白になってしまう筈だ。

(やっぱ女の人は苦手だわ)

家族を除けば例外は……サラくらいのものか。高名な人形作家が作ったビスク・ドールみたいに容姿が整っているサラだが、そんなサラを異性として意識せずに済んでいるのは偏にゆめ以上に離れている年齢差と(実際に訊いたことはないが)絶えず吐き出される致《ち》死性《しせい》の毒舌のお陰だ。つまりこのお姉さんが余程残念な人でない限り俺がこの人に馴《な》れるということはまず無いだろう。

「?　どうかしましたか?」

「いっ、いえなんでもないです!　それより、俺に何か用でしょうか!?」

何も言わずにいる俺を不思議に思ったのだろう、小さく首を傾げるお姉さんに俺は慌てて何でもないことを告げると本題を切り出した。お姉さんの様子から察するにそれほど大したことではないみたいだし、力に成れる範囲内でだったら応えてあげることにしよう。

蛇《へび》に睨まれた蛙《かえる》とまでは言わないが、緊張で身を固くしながらそんなことを考えている俺にお姉さんは微笑を浮かべると――そっとひんやりとした手で優しく俺の右手を握り締めてきて、

「実はですね。今日はあなたを、私たちのギルド――【黄昏の戦乙女《サンセット・ヴァルキュリア》】へと勧誘に参ったのです」

「「…………は？」」

そんなことを訊《たず》ねてきたのであった。

3

エルフ耳のお姉さんからの勧誘――それにいち早く反応したのは俺でもなければサラでもなく、それまで事を静観していたらしき第三者たちであった。

「ちょっ⁉　マジかよ‼」

「〝黄昏〟は女だけのギルドじゃなかったのかよ⁉　なんで男のアイツが⁉」

「リアルハーレムかよ……妬《ねた》ましい」

「ん？　あの白髪の戦闘妖精、どっかで見たことあるような……？」

「え、冗談じゃなくて？　あの子、そんなに凄《すご》い創物者なのかしら？」

周囲からちらほらとそんな声が聞こえてくるが、今の俺の意識は目の前にいるお姉さんの熱く濡《ぬ》れた眼差しと冷たい手の感触のみに向けられている。

「え、えぇと……誰かと間違えてませんでしょうか？」

急激に熱を帯びる顔を自覚しつつ、しどろもどろになりながら答える。周りの反応から察するに、このお姉さんに誘われたのは普通のことじゃないとことだけは分かるのだが。

(絶対誰かと勘違いしてるだろ。なんか知らんが、こんなに騒がれる人が俺みたいな初心者を誘うわけないいんだから)

だというのに、お姉さんは俺の手を放すどころかむしろ更に強く握るとふるふると首を振ってみせる。

「ふふっ、間違えてないですよ。私はあなたを誘いにここへ来たのです。あなたがここに現れるのをずっと待ってたんですよ？」

「す、すみません……」

言外に〝今まで何処に居たんですか？〟と言われた気がしてつい反射的に謝ってしまったのだが、お姉さんにそんなつもりは無かったようで少し慌てた様子で否定してみせた。

「あっ、こちらこそごめんなさい。責めるつもりなんて無いのですよ？　ただ、もしかしたらもう会えないかも、と少しだけ不安だったもので」

軽く拗ねたような口調と共にお姉さんが俺を苦笑いを溢《こぼ》す。顔が良い人間は苦笑までもが感じが良いな。

「あー、ここ最近はずっと工房に引き篭《こ》もって作業してたもので」

「ずっと工房にですか？　もしかして、工房で何か作っていたのでしょうか？」

「はい。自分の戦闘妖精の調整と新しい装備を作ってまして」

そう告げてミコトに視線を向けると——何故かミコトはもんざえもんと遊ぶのを止めてお姉さんへと鋭い視線を向けていた。

「白髪の女の子……あの時の子ですね！　あの、もし宜しければ少し「ハーヴィス。ステイです」

瞳を輝かせグイグイ押してくるお姉さんに冷え冷えとした印象を感じさせる声が被さった。お姉さんの後ろ——声の主へと視線を移すと、そこにはお姉さんの連れと思われる白髪のメイド服を身に纏った少女の姿があった。

「ネイ……」

「落ち着いてくださいハーヴィス。まずは名乗るところから始めましょう」

「まずは名乗りましょうハーヴィス。落ち着くのはそれからです」

「落ち着くのが先でしょう」

「落ち着くのは先でしょうか」

「私に聞かないでください」

「私に言わないでください」

「ややこしいっ！」

ネイと呼ばれた白髪のメイド少女に間髪《かんぱつ》入れずに復唱（？）するのは彼女と瓜二《うりふた》つの容姿をしたもう一人のメイドの女の子だ。瓜二つとは言ってもこの娘《こ》の髪は黒髪なのでネイと呼ばれた少女との違いは一目瞭然なのだが、そんな彼女たちはまるで合わせ鏡に映る虚像のように一糸《いっし》乱れぬ動きでカーテシーを披露《ひろう》してみせた。

「ご挨拶が遅れました。ネイと申します。不肖《ふしょう》の身ではありますが双子の姉であるメイと共に【黄昏の戦乙女】の末席に名を連ねております」

「ご挨拶も遅れました。メイと申します。自慢の妹であるネイと共に【黄昏の戦乙女】の末席へと名を連ねております」

「……どーも。白髪のアンタがネイで、黒髪のアンタがメイだな？」

「はい。私がネイでこちらがメイです」

「いいえ。私がメイでこちらがネイです」

「なにも違わないでしょうが」

「なにか違わないでしょうか」

「「そうです私がネイです」」

「メイはどこ行ったんだよ!!」

ふざけているとしか思えない態度に声を荒げるも、二人は何処吹く風とばかりにペースを崩さずに話し続ける。

「メイ。可笑しなことを言うのは止めないさい。貴女がメイでしょう」

「ネイ。可笑しなことなど言ってません。貴女もメイでしょう」

「いいいえ私は違います」

「いえいいえ私も違います」

「「そうです私がネイです」」

「なんで二人いるんだよッ!!」

少しずつ分かってきたぞ。黒髪の姉の方――メイの方に問題があるんだ。どちらもややこしい話し方をしてはいるが、メイはそれに加えて虚言《きょげん》まで織り交ぜているんだ。そうと分かればこいつをどうにかすれば解決ってことだな!

「おいコラ姉の方……お前だよお前! なに妹の方見てんだよお前に話し掛けてんだよ!

……ったく。話し方を変えろとまでは言わんが、ややこしい嘘は止めろ。分かったな?」

「大変申し訳ございません。妹が代わりに謝罪します」

「大変申し訳ございません。姉と共に謝罪します――貴女も謝りなさい」

「貴女が謝るんですよ」

「私は謝ってるじゃないですか」

「私は誤ってるじゃないですか」

「誤ってるなら謝るべきでしょうに」

「誤ってても私は謝りませんけれども？」

「そこは素直に謝れよ!!」

「いろは少し落ち着きなさい。完全に呑まれてるわよ？」

「ハッ!?」

呆れたと言わんばかりのサラの声で我に返る。初対面でこうもウザったい絡み方をしてくるだなんて、なんと恐ろしい奴らだ……。

コホン、と咳払いを一つし意識を切り替え、改めてお姉さんと向かい合う。

「えっと、ハーヴィスさんでいいんですよね？」

「はい。私は【黄昏の戦乙女】のギルドマスターを務めております、ハーヴィスと申します。よろしくお願い致しますね」

「いろはです。こちらこそよろしくお願いします」

頭を下げて挨拶を返すと、ハーヴィスさんはコクリと頷き返した。

「ハーヴィスさんがギルドマスターってことは、【黄昏の戦乙女】はハーヴィスさんが立ち上げたギルドなんですか？」

「〝黄昏〟や〝戦乙女〟と略して頂いて結構ですよ。それと私は先代の跡を継いだ身ですので二代目のギルドマスターになりますね。ですので、周りの方が噂されるほど大した人間ではないのですが」

そう言って苦笑いするハーヴィスさんであったが、その後ろではネイとメイが揃って首を小さく横に振っている。普通に考えたら二人の方が正しいんだろうが、こいつらへの信頼度は今のところストップ安なので何とも言い難い。

「――そんなことより、どういうつもりなのかしら？」

と、そんな胡乱《うろん》な目を二人に向けていたところでサラが険《けん》を感じさせる口調でハーヴィスさんに話し掛けてたのが耳に飛び込んできた。さっきからサラの機嫌が低空飛行気味であることには薄々と気付いてはいたのだが、けれどハーヴィスさんはというとそんなサラの態度にも全く動じない様子で答える。

「どういうつもり、とはどういうことでしょうか？」

「白《しら》を切るのは止めなさい。〝黄昏〟が初心者の創物者を勧誘するだなんてあり得ないことでしょうに。ましてやいろはは男――これがいくら去勢済みのヘタレとはいえ、女だけで構成されている〝黄昏〟の不文律をギルドマスターが率先して破ろうとするだなんて、とても正気の沙汰《さた》とは思えないわ」

「異議ありっ!!」

すぐさま二人の間に割って入る。てかお前、なんでそんな機嫌が悪くなったのかは知らんけど、俺に八つ当たりするのは止めてもらえませんかねぇ!?

そう訴えはするも、けれどこの気難しいお嬢様はというと〝つーん〟と明後日の方向を向いてだんまりを決め込むばかりなので今後も改善が見られることは無さそうだ。いったい俺がなにしたってのさ……。


——ちょいっ。


「ん？」

そんな風に打ちひしがれていたら裾《すそ》を引かれた感覚を覚えた。何も考えず、反射的に後ろを振り向くとそこには……キラキラとした目をこちらに向けてくる、三対の瞳があった。

「いろはさんは去勢されているのですか？　それでしたら他の子からの反対意見も無くなるでしょうし、丁度良かったですっ」

「「【黄昏の戦乙女】へようこそ。お姉様」」

「ぶっとばすぞお前ら⁉」

どうしてそうなる⁉　話の流れからして普通そうは受け取らんだろうがっ！　見てみろよほら、ミコトともんざえもんが今まで見たことないような目をして俺を見てるじゃんかよ！

「――」

なにをはしゃいでるの？　と視線だけで理不尽に侮蔑《ぶべつ》してくるサラのことは、もう無視を決め込むことにした。

4

「――それで、どうして俺を誘ったのでしょうか？」

このまま立たせ続けるのもなんだからということで、ハーヴィスさんたちが椅子に座ったのを確認してから本題に戻した。聞けば〝黄昏〟は無数に存在するギルドの中でも最強の一角とまでに称されるほどに大手のギルドらしく、ならば尚のこと俺のような初心者を勧誘する理由は無い。それどころか最悪、今まで女性しか存在していなかったギルドに異分子《男である俺》が加わったことにより内部崩壊すら引き起こしかねないのだから、常識的に考えたら勧誘しない理由しかない筈なのだ。

（そんな爆弾を抱えることになってでも尚、俺をギルドに引き入れたい理由……）

心当たりは——ある。つい数日前、あれだけの創物者から声を掛けられたのだから思い当たらない筈がない。おそらく今回の勧誘も彼らと同じ理由に違いなかった。

「貴女もマスターに力を求めているのですか？」

すると俺と同じ結論に至ったのであろう、これまで口を挟んでこなかったミコトが淡々とした口調で呟いた。必然的に皆の視線を一斉に集めたものの、けれどミコトは全く動じた様子もなくただ紫紺の瞳をハーヴィスさんへと向け続ける。

「……」

そんなミコトに対しハーヴィスさんは口を閉ざしながらも微笑で答えてみせると、俺へと視線を移してきた。

「〝おわらないせかい《ラビリンス》〟はいろはさんを初心者だと言いましたが……実際のところ、ドールズをプレイし始めてからどれくらいになりますか？」

「え？　そうですね……大体ですけど二週間になりますかね。もちろん、ログインしなかった日も何日かありますが」

「二週間……ではやはり——」

「にわかには信じ難い内容ですね」

「あんびりーばぼーです」

「むっ、嘘なんてついてないっての。ほら、これ見てみろよ」

「なんと……」

「驚きです……」

【メニュー】の中から【オプション】を選択し自分のアカウント情報を可視化させる。その中には初めてDoll's Orderへとログインした日付が記録として記載されているのだが、それを確認すると二人は驚愕に目を剥くなり、すぐさま頭を下げてきた。別にそこまで畏《かしこ》まらなくてもいいいんだけどな。

(でもなんで疑われたんだろ?)

そんな疑問が表情に出ていたのだろうか。二人に続いてハーヴィスさんまでもが申し訳なさそうにしながら謝ってくる。

「ご不快にさせてしまったのでしたらすみません。二人も悪気があった訳ではないのです」

「別に気にしてませんし、怒ってもいないですから大丈夫ですよ。でもなんで二人は疑ってきたんだ?」

「「それは……」」

言葉を濁《にご》した二人が揃って視線を移す。その先に居たのは――。

「――わたくし、ですか?」

きょとん、とした顔で自分を指差すミコト。ミコトがどう関係してくるんだ？

「おそらく、ミコトが【始原の型《プリミティブ・ゼロ》】だからでしょうよ」

「「コクコク」」

まるで俺の心を読んだかのようなタイミングでサラが呟くと、ネイとメイは正解だと言わんばかりに何度も頷いた。

「【始原の型《プリミティブ・ゼロ》】――妖精目録《リスト》にも記録されていない戦闘妖精の一種ですね。知識としては存じてましたが、こうして実在しているのを見るのは初めてです」

「絶対数が圧倒的に少ないものね。幻とまで言われているくらいなのだから、可笑しな話でもないでしょう」

「それを、いろはさんが？」

「この間の決闘は観たのでしょう？　Doll's Orderを始めてたった一週間足らずであれだけの忠誠心《ちゅうせいしん》よ。仮にいろはがミコトを誰かから譲り受けたのだとして、はたしてあんなことが現実にあり得ると思う？」

「いえ、あり得ないかと。それこそ、いろはさんがミコトさんの製作者でない限りは」

「……なあ。どうして俺が初心者じゃないって思ったんだ？」

なんとなく二人の会話に入り込めない流れだったので代わりにネイとメイに訊いてみる

と、二人は特徴的な話し方ながらも答えてくれた。

「【始原の型《プリミティブ・ゼロ》】は通常とは異なる方法で作り出されます」

「【始原の型《プリミティブ・ゼロ》】は創物者《フルスクラッチ・ビルド》の自作によってのみ生み出されます」

「ですので【始原の型《プリミティブ・ゼロ》】の入手方法は自作するか、」

「または【始原の型《プリミティブ・ゼロ》】を誰かから譲り受けるかのどちらかになります」

「ああ、だから疑われたのか」

ふと前にチュートリアルでナビ子が言っていた内容を思い出した。確かグレードを上げるための手段の一つに〝マニュアル操作で戦闘妖精を作製する〟というのがあるらしいのだが、それはエンドコンテンツの一つでもあるせいか現状ではその殆《ほとん》どが失敗に終わってるのだと。

そんな【始原の型《プリミティブ・ゼロ》】と呼ばれる戦闘妖精《ミコト》を初心者が所有している筈はなく、だから二人は俺を初心者ではないと疑ったのだろう。

そう結論付ける俺であったが、しかしどうやら他にも理由があるようでネイとメイは一度頷いてみせるも補足するように話を続けた。

「Doll's Orderにはステータス上には表示されない隠しパラメーターが存在します」

「【忠誠】と呼ばれるステータスとその対極に位置する【支配】のステータスです」

「これらの数値は基本的に戦闘妖精の行動や発言から大体を推測するしかありません」

「これらの数値は所有者の戦闘妖精に対する扱い方と、共に行動した時間の経過によって変動します」

「ん？　そんなのあるのか？　攻略サイトとかに載ってたっけな」

情報量が非常に多いのでまだ目を通していないだけかもしれないが……知らなかったな。

「現在ですと【好感度】と呼ばれているものですね。【忠誠】と【支配】というステータスの存在は、まだ一部でしか知られていない情報ですので」

「【黄昏の戦乙女】のような大きなギルドですと、こうした他に転載されていない情報がいくつかあるのですよ」

できれば他言無用《たごんむよう》で願います、と言う二人に頷く。でもそうか……〝黄昏〟のような大きなギルドに所属すると、こういったメリットもあるのか。

「【黄昏の戦乙女】へようこそ。ご主人様」

「……いいから先に進めろ。それがなんだってんだよ」

少しだけ揺らいでしまったのをおくびにも出さないよう気を付けつつ、話を進めるように促す。それがさっきのとどう関係してくるっていうんだ？

「これは失礼致しました。それでは話を戻しましょう。【忠誠】と【支配】ですが、その初期値は戦闘妖精の入手方法によって大きく変わります」

「戦闘妖精を製作した際、製作者は戦闘妖精から大きな【忠誠】と【支配】の補正値を得られるのですが、そうではなく人から譲り受けた場合や店舗で購入した際はその補正を得ることはできない仕様であることが判明しております」

「取引等で得た戦闘妖精が暫《しばら》くの間指示を無視するのは【好感度】が低いからと言われていますが、正確に言えば【忠誠】と【支配】の値が低いからですね」

「刷り込みみたいなものか」

　製作者《親》の言うことは最初から従うけど、譲渡された創物者に対してはある程度の信頼を抱いてからでないと従わないぞ、って感じか？　戦闘妖精は〝創物者の命令は絶対！〟ってイメージだったんだが、そういうわけでもないんだな。

「けど分かったぜ。ミコトの俺への忠誠度が高そうだったから、俺を初心者だと思えなかったってんだろ？」

「仰《おっしゃ》る通りです。まさか初心者の方が戦闘妖精の自力製作に挑み、剰《あまつさ》えそれを成功させるとは思い至りませんでした」

「Exactlyでございます。初心者の方々が稀にとんでもないことをやらかすというのをすっかり失念しておりました」

「……なんか俺、責められてる？」

「「とんでもございません」」

しれっとした顔で双子が慇懃《いんぎん》に否定を入れてくる……が、こいつらの言葉って素直に受け止めにくいんだよなぁ。これ以上ツッコむとなんだかやぶ蛇になりそうな感じだから言及はしないけども。

「フフンっ」

「で、お前はなんでそんな満足気な顔をしてるのさ？」

「マスターが崇《あが》め讃《たた》えられておりますので当然のことでございましょう」

澄ました顔でミコトが答えると、そんなミコトの態度に何を見出だしたのか、メイド姉妹は一瞬だけ目を光らせると更に悪ノリしてきた。

「「きゃー、すてきー、だいてー」」

「むっ。お二方、それは〝あうと〟です。マスターに色目を使ってくる身の程知らずは金髪おちびだけで間に合っておりますので」

「ちょっと待ちなさい。いつ、私《わたくし》が色目を使ったというのかしら？」

「おや？　別に貴女のこととは申しておりませんが……？　それとも、貴女には心当たりがおありなのでしょうか？」

「……また泣かされたいのかしらね。このへっぽこ人形は」

「フフッ……！　以前のわたくしと同じだと思ってるなら大間違いですよ。レベルアップしたわたくしに恐れ戦《おのの》くがいいッ！」

ふしゃー！　と一瞬でお澄ましモードを解くミコトであったが……いや、お前のレベルは前の時から上がってないからな？

そんな感じでまさに〝一触即発〟といった雰囲気を漂わせるミコトとサラをどう止めようかと考えていたところで、自然な動きで半歩分距離を縮めてきたハーヴィスさんが小さな声で囁《ささや》いてきた。

「慕われているのですね」

「………………ま、まぁ」

互いの吐息《といき》すら感じ取れそうな距離感に、全力で動揺を押し殺しながら答える。二の腕に微かに感じられる柔らかくも温かな感覚に顔が熱くなるが……バレちゃいないよな？

（どどど、どうする⁉　どうすりゃいいんだ⁉　静かに離れればいいのか⁉　いやでもそれってなんか俺がハーヴィスさんを嫌ってる風に思われないか⁉　だったら別にこのままでもいいんじゃないかっていうかむしろこのままの方が――）

「「…………………」」

「ハッ⁉」

束《つか》の間の幸せに浸っていられたのも僅か、気が付けばミコトとサラは言い争いを止めており、能面もかくやといった無表情さで俺を見つめていた。決して睨まれているわけではないのだが……だからこそ俺は跳び跳ねるようにしてハーヴィスさんから離れて距離を取るのだった。

「は、はは……」

「――マスター」

「お、おう、なんだ……？」

「…………」

「ミ、ミコト……さん？」

「次は――無いですからね？」

「はい」

完全に光が消え失せた瞳を向けてそう警告してきたミコトに畏まって答える。いったい何が無くなるというのか非常に気にはなるところではあるが……今はそんなことに気を割いている場合じゃないんだよ。

――クイッ、

――クイッ、

――クイッ、

「…………オス。なんすかね？　サラさん」

さっきからずっと無言で服の裾を引いてくるサラに、俺はいよいよ観念して話し掛けた。実はミコトと話している時からずっとこの調子だったのだが、あの様子のミコトを前にしてはサラに応えてやれる筈もなく……――いや正直に言おう。それもあるけど、それ以上にサラの様子が不気味過ぎて話し掛ける勇気が持てなかったのだ。ミコトと同じくらいに――だけどそれとはまた微妙に違うプレッシャーを放っていることには気付いてはいたのだが……結果としてサラを無視し続ける形となってしまった分だけ覚悟が必要になろうとは誰が予想できただろうか。

そんな一世一代の勇気を振り絞った俺に、さて肝心《かんじん》のサラはというと――。

「――――――」

「ヒィッ⁉」

普段の仏頂面《ぶっちょうづら》は何処へやら。今はまだこの世の汚れを知らぬ少女が如く、まるで蕾《つぼみ》が花開いた瞬間を思わせるような可憐《かれん》な笑みを浮かべてこちらを見つめているのであった。

ただそれだけを見るならば大変可愛らしいものに見えているであろうことは否定のしようもないことで、事実、数名の人間は既にサラの微笑にすっかりやられてしまっているのが俺の視界の端にも映っている――が。

（めでたい奴等め……こいつは見た目通りの女じゃないっつーの！）

ちょっとでもサラのことを理解している者ならば分からない筈がない。即ち今のサラに触れるのは極めて危険だということに……！　その証拠に……ほら！　ハーヴィスさんなんて――！

（ズルっ⁉　いつの間にかサラの視界に映らない所に避難してるし！）

裏切り者ぉっ！　と目で訴えるも、気まずそうな顔をしつつもフイッとあらぬ方向に目を逸らされてしまってはどうすることもできない。半分はハーヴィスさんのせいなんだからフォローくらいはして欲しかったっス……。

「――、――――？」

「……え？」

さらに間の悪いことに、違うことに意識を割いていたせいかサラの唇から溢れ落ちた言葉を聞き逃してしまうという、この状況下ではあるまじき失態を犯してしまう。お茶を濁そうにも、何と言ったのか全く聞き取れなかったのでなんと返事をしたらよいのかも分からないので答えようもない。

「ッスーー……。えと、今なんて言ったんスかね……？」

親分の機嫌を伺う三下《さんした》の悪党よろしく、ヘコヘコと過剰《かじょう》なまでに諂《へつら》う俺の態度に周囲の人間が怪訝な表情を浮かべるが——今はサラのことだけ考えるのが正解だ……ッ！

するとはたして、そんな俺の心情が届いたとでもいうのか、愚《おろ》かにも機嫌を損ねさせ、剰え呟かれた言葉を聞き逃してしまったという俺だというのに、それでも尚サラは完璧な微笑を崩さぬまま再び口を開こうとするのであった。——なになに？

「豁サ☟、縺ョa苦ア髏糾▼……？」

「すみませんでした」

敬語で謝ってしまう程度には怖かった、とだけ言っておく。

そうして俺はこの件はこれでおしまいとばかりに、未だ二方向から向けられる威圧《オーラ》に全力で気付かぬ振りをしながらも話を力業で戻すのであった。

「で、話を戻しますが——結局、絡まれないようにちゃっかり逃げてたハーヴィスさんはどうして俺を勧誘しようと思ったんですか？　……まあ、さっきまでのやり取りで大体の予想はもうついてますが」

「うぅ……そこはかとなく、責められている様な気がします……」

「気のせいじゃないですか？」

バツが悪そうにしているハーヴィスさんを真っ向から斬り捨てて否定する。ついさっきまでは遥か格上の存在ということもあって畏まった態度を取っていたが、幸か不幸か今では何ら緊張することなく接せられるようになった。……支払った代償がデカ過ぎるような気もするが。

そんな〝豹変《ひょうへん》〟とまでは言い過ぎでも、先程までとは大分違う様子を見せる俺にハーヴィスさんは多少の動揺を見せながらも答えてみせるのだった。

「……お察しの通りかと思います。私は、ドールズを初めて間もないにもかかわらず【始原の型《プリミティブ・ゼロ》】であるミコトさんを作り上げたいろはさんのその類稀《たぐいまれ》なるお力を、是非私たちのギルドにて振るっていただけたらと思い勧誘に参ったのです」

メイとネイが続くようにして頷く。まあ、人違いじゃないってんならそれくらいしか俺が誘われる理由なんて無いからな。

そうしてハーヴィスさんは咳払いと共に苦笑いを止めるや、ギルドマスターと呼ばれるに相応しい表情を浮かべてから言葉を連ねるのであった。

「ここまで言ってしまえば、もう率直に申しているのと変わりありませんが……それでもしっかりと言わせていただきたいと思います。

――いろはさん。どうかそのお力を、是非我が【黄昏の戦乙女《サンセット・ヴァルキュリア》】にお貸しいただけませんか？」

「――――」

真摯な瞳と言葉を前に、答えに窮《きゅう》する。予想した通りの内容ではあったが、いざ実際にこうして言葉にされるとどう答えるべきなのか分からないのであった。

そんな俺の様子に何かを感じ取ったのであろうか、ハーヴィスさんはフッ、と表情を和らげるとさらに続けて言った。

「勿論、ただいろはさんの力を借りるだけで終わらせるつもりはありません。たとえば先程のようにまだ表には出回っていないような情報を共有させていただいたり、他にも経験値効率が最も良い場所でのレベリングの協力や装備品の貸与《たいよ》――そしてクエストやイベントの攻略においても協力を惜しみません」

「〝黄昏〟は数多く存在するギルドの中でも最有力候補の一角となるギルドでございますので、」

「〝黄昏〟に加入するとしないとでは、今後の攻略に多大なまでの差が出ることは間違いないと進言いたします」

ハーヴィスさんの説明に補足を入れるメイとネイ。正直、聞けば聞くほどに魅力的な話ではあると思う。

（やっぱミコトのレベル上げに協力してもらえるメリットってのはデカいよな）

〝黄昏〟が本当にDoll's Order内における最大勢力の一つだというのであれば他の誰に頼むのよりもずっと効率の良いレベリングができるのかもしれないし、仮に攻略に行き詰まったとしても助力を得られるというのも魅力的だ。


——けれども。

「でもその、俺のことを買ってくれているのは非常にありがたいことなんですが……さすがに時期尚早《しょうそう》ってやつじゃないですかね？」

俺の腕を評価してくれたことに関しては本当に嬉しいことだしありがたいことだとは思ってはいるが、しかしその観点で見るならば現状俺は【始原の型《ミコト》】と《星宿の銀腕》を作ったこと以外には結果を出していないことになる。たったそれだけでDoll's Orderを始めてから一ヶ月も経ってない初心者がいきなり〝黄昏〟のような最大手のギルドに加入するのはどうかと思うのだ。

(あと単純に、女性しかいないギルドってのに少し抵抗感があるからなんだけどな)

「だからもう少し経験を積んでからっていうか、ある程度知識や力を得てからの方がいいと思うんですよ。だから、とりあえず今回は」

「いえ、それでは手遅れになりかねないのです」

「「ハーヴィス」」

「っ⁉」

そんな建前を使ってやんわりと辞退しようとしたところで、被せるように口を開いたハーヴィスさんに首を振って否定されてしまった。その口振りからは絶対にそうなるという確信に満ち溢《あふ》れているように感じられたのだが……手遅れになるかもしれないってのはどういうことだ？

「それはどういうことでしょうか？　マスターに知識や経験を積まれると困るようなこと

があるとでも仰りたいのですか？」

「あっ、い、いえっ！　決してそんなつもりでは――！」

スッ――、と敵を見るような目付きをハーヴィスさんに向けるミコト。どうやらハーヴィスさんが俺を言い包《くる》めようとしているのではと疑っているらしい。

そんなミコトにハーヴィスさんは言葉を濁し続けたものの、やがて観念したのか「……本当に違うんです」と呟くと、どういった理由なのかを説明するのだった。

「申し訳ございません、言葉足らずでした……。手遅れになるというのはいろはさんのことではなく、私たちのことを指して言ったのです」

「ハーヴィスさんたち、ですか？」

どういう意味か分かるか？　と目でミコトに問うも、返ってきたのは首を横に振っての否定だった。うーん、なにか事情でも有るのか？

するとそんな俺とミコトのやり取りを見て察したのか、これまで不自然なほどに沈黙を貫いてきたサラがとうとう閉ざし続けていた口を開いた。

「はぁ……鈍いわね。少し考えれば分かるでしょう。〝天使を従えし者《セイクリッド》〟は、自分たち以外の何者かにいろはを取られる可能性を懸念《けねん》しているのよ」

「……は？　いや、まさかそんな――」

と言葉を続けようとして……ハーヴィスさんが浮かべている表情を見て、サラの発言が的を射た回答であったことを遅まきながらも理解した。

（そっか……〝黄昏〟から誘われるくらいなんだから他のギルドが俺を勧誘しに来る可能性だって無いわけじゃなくて、だからハーヴィスさんは早々に俺を引き入れたいのか）

そして時間が経てば経つほど俺の認知度や交遊関係が広がっていくと仮定すると、つまりそれだけ俺が誘いを受ける数や選択肢の幅も増えるわけなのだが……ハーヴィスさんはそんなifを回避させたいって考えてたわけか。

（そこまで評価してくれてってのは嬉しいんだけど……）

「………なんつーか、ズルっこくねっスか？」

「はうっ⁉」

だってあれだろ。早い話がまだ俺が初心者で目立たない内から自分んとこで囲っとこって話だろ？　俺が十分な結果を残せるならば良しで、期待したほどの成果を出せなかったのであれば切ればいいのだから、取り合えず早い内からキープしておく的な。しかもさっきのハーヴィスさんたちの反応から察するに、ハーヴィスさんがうっかり口を滑らせなかったらこのことは話題すら上がらなかったことだろう。別に怒ってるわけでもマイナスなイメージを抱いたわけでもないが……ぶっちゃけ、少しだけ意外に感じている。

「あ、別に責めてるわけじゃないんですよ？　ただなんていうか、ハーヴィスさんって少し話した限りですがこういうことは苦手っていうか、向いてなさそうなイメージだったのでつい……」

「あら。いろはにしては中々分かってるじゃないの。いつも澄ましたような態度を取り繕《つくろ》っているけれど、実のところはこれで結構なぽんこつなのよ。いろはに負けず劣《おと》らずにね」

「ちょっと待ってください。貴女、私のことをそんな風に思っていたのですか……？」

「つか誰がポンコツだ誰が」

　ハーヴィスさんと二人で異議を唱えるも、当たり前のようにサラは聞く耳を持たずに自分の言いたいことだけを言う。

「けど、そんなぽんこつでもぽんこつなりにギルドマスターとしての任を果たそうと無理をしているのよ。だからいろはも、これ以上この件でそれ虐《いじ》めるのは止めてあげなさいな」

「〝おわらないせかい〟《ラビリンス》……！」

　サラのフォローに、感動した！　とでも言いたげな顔をするハーヴィスさん――だけどちょっと待ってほしい。別に俺はハーヴィスさんを責めようだなんて考えてないし、虐めたりもしてないんだが⁉

（こいつ……！　俺を悪者にして良いとこだけを持ってきやがった！）

最後に良いこと言っとけばなに言っても許されるとでも思ってんのか？
（騙《だま》されてますよハーヴィスさん！　このままじゃこいつの思う壺《つぼ》ですって！）
さすがにこのまま黙ってはいられないと、そう言おうとしたのだが……止めた。だって
ハーヴィスさん、めっちゃ嬉しそうな顔をしてるんですもん。この笑顔を壊すことなんて、
俺にはできねぇよ……。
世には知らない方が幸せなことがあるのだと、一人真実を胸の内に留めたままにしよう
と決意したところで——こっそりと近付いてきたサラは、俺にだけ聞こえるような小さな
声でそっと囁いた。
「——ね？　ぽんこつでしょう？」
鬼かお前は。

5

ポコン、と軽やかな通知音が鳴ったのはまさにその時であった。視界の端では未読メッ
セージの存在を知らせるアイコンが点滅しており、俺は何も考えることもせずに自己主張
するアイコンへと指を伸ばした。
「これは——」

「運営からの告知ね」

俺やサラだけでなく、他の創物者たちも皆例外無しにメッセージを確認している様子から察するに、どうやらこれは運営から一斉送信されたものみたいだ。わざわざこうしてメッセージを送ってくるということは、おそらくそれ相応の理由があってのことなのだろう。俺は再び受信したメッセージへ視線を戻した。

【運営事務局】さんからメッセージが届いています

受信時刻：ついさっき
件名：イベントクエスト開催決定!!
添付データ：
本文：いつもDoll's Orderをご利用いただき誠にありがとうございます。こちらはDoll's Order運営事務局でございます。

本日15：00より、各エリアの広場にて期間限定となる新イベントクエストの開催予告をいたします。お時間の都合が合う創物者の皆様は是非お立ち寄りくださいませ。

「十五時って……あと三十分ちょっとしかないじゃんかよ」

こういうのって普通、前日までに発表するもんじゃないのか？　こんな急に告知をされたら、不満の一つや二つくらい出てきそうな気がするが。

「毎回こんなだから私はもう慣れたわ――というより、これに参加しないとイベントに参加できないわけでも攻略が有利になるわけでもないからどうでもいいわ」

「毎回こんな感じなのかよ……」

まあ、告知の予告を行うのを事前に告知するってのも可笑しな話だけどな。

「「ハーヴィス」」

「えぇ。貴女たちは一度落ちて他の子たちに連絡をお願いします。私はまだこのメッセージを見ていない子がいるかどうかを確認します」

「畏まりました。それでは一旦、失礼いたします」

「おう。またな」

一方、そんな普段通りの俺たちとは違って【黄昏の戦乙女《ハーヴィスさんたち》】は慌ただしく動き始めた。

こういう時、大所帯《おおじょたい》の上の立場の人間ってのは大変だと思うよマジで。

「あー、俺は行ってみようかなって思ってんだけど、サラはどうする？」

「そうね。仕方ないから一緒について行ってあげようかしら」

「はいはい。お優しい保護者様でございまして感謝感激の極みでございますよ。ハーヴィスさんはどうしますか？」

「宜しければご一緒してもいいですか？　先程の話もまだ途中でしたし」

「勿論。じゃあ早速向かうとしましょうか」

そうして俺たちは席を立つと、周囲の創物者たちと同様に店を出て広場へと向かうのであった。

◇◆◇　◇◆◇　◇◆◇

広場に到着してそろそろ三十分が経過しようとしているのだが、未だ創物者たちは増加する一方であった。今、エフェクトライトの発生と共に現れた創物者もおそらくは慌ててログインしてきた類の者たちだろう。

ゴーン！　ゴーン！

ゴーン！　ゴーン！

そんな益体も無いことを考えていたところで、噴水の中央にある座――時計台の頂点に設置された鐘が高らかに鳴り響いた。時刻は十五時ちょうど。運営が指定した時間に寸分の狂いも無い。

すると鐘の音が鳴り止むのとほぼ同時、薄らと滲み出るようにして黒雲が現れたのだが……黒雲は加速度的に拡大していくと、あっという間に空一面を塗り潰してしまうのだった。当然太陽も丸ごと呑み込まれてしまっているので、辺りは日が沈んだわけでもないのに薄暗い闇《やみ》に包まれてしまっている。

「……」

現実世界では到底有り得ない光景に誰もが固唾《かたず》を飲む中――次なる変化は先程以上に異常なものであった。

――闇が一点に凝縮すると人の形を取り、声を発したのだ。

『――物言わぬ躯《からだ》に仮初《かりそめ》の生命を吹き込みし咎人《とがびと》たちよ。愚かにも創造神たる御業《みわざ》を模倣する汝《なんじ》らに、今贖《あがな》いの刻来たれり』

漆黒《しっこく》のドレスを身に纏い、同色のヴェールを覆い口許だけを晒すその女は憐《あわ》れむように、けれど一切の慈悲を感じさせない厳《おごそ》かな口調で謡《うた》うように告げる。

『顕現《けんげん》せしは死と戦争を司《つかさど》る魔術の王。九日と九夜の最果てに、賢《さか》しき愚者は九つの詩を詠《よ》むだろう。

咎人よ、慄《ふる》えて待て。Xiiに記されし彼《か》の者の眼《まなこ》より、何人《なんぴと》たりとて逃れること能《あた》わず』

【Ｅｘｔｒａ Ｑｕｅｓｔ】

―月夜に響け。我が悲願《ひがん》―

今世に蘇《よみがえ》りし隻眼《せきがん》の神王は嘗《かつ》ての使い魔を従え、狂える嵐を齎すだろう。

―攻略難易度―

☆☆☆☆☆★★★～☆☆☆☆☆☆☆

推奨《すいしょう》Ｌｖ：40～50

―Ｃａｕｔｉｏｎ!!―

当クエストは最高難易度を誇るレイドボス討伐イベントです。クエストへの参加は注意事項をご一読した上でお願い申し上げます。

・本イベントでは王が齎す魔術の効果により、イベントに参加する創物者が所有する戦闘妖精のレベル上限が50に制限されます。
・超過分のステータスポイントは反映されず、またイベント中にレベル50を越えた場合であっても以降に獲得する経験値はイベント中には反映されません。
・レイドボス討伐の可否に問わず、戦闘妖精のレベルはイベント終了後、もしくはリタイヤ後に戻ります。同様にイベント中に得た経験値はレベル修整が行われた直後に即時反映されます。
・他、詳しい内容につきましては『Doll's Order』のＨＰのトップページに記載しております［Ｎｅｗｓ］か［Ｍａｉｎ　Ｍｅｎｕｅ］→［Ｏｐｔｉｏｎ］→［Ｈｅｌｐ］からアクセスしてご確認ください。
・尚、本イベントの攻略に際する一切のお問い合わせについてはお答え致しかねますのでご了承くださいませ。
・最後に繰り返しになりますが、本イベントは作中屈指《くっし》の最高難易度を誇るレイドボス討伐イベントとなります。

抗《あらが》いますか?

【YES】/【NO】

落としていた視線をふと上げれば、いつの間にか雲は消え失せ太陽が顔を覗かせていた。当然あの女性の姿は、影も形も残されてはおらず、今このメッセージを開いてさえいなければそれこそ錯覚だったと言われても信じてしまいかねない程に何も残されていなかった。

「なぁ、」

とサラに呼び掛けようとして、その続きは呑み込んだ——周囲のそこかしから上がる歓声とも怒声ともつかない無数の大声に圧倒されて。

「おおおおおおおおおおおぉぉぉぉぉ!!　キタキタキタキタ遂に来やがったあぁぁぁぁぁぁぁぁぁぁぁぁぁああああ!!

「最高難易度キタコレぇぇ!!」

「レベル上限《キャップ》50!!　廃人《はいじん》死亡（笑）!!」

「いやスキルの獲得や熟練度値上げは対象外だから完全な死亡じゃないって！」

「それでも今回は荒れるだろ!?　レベルによる蹂躙《じゅうりん》無双劇ができないんだから俺にもワンチャンあるんですけどぉぉ！！？」

「金なら相場の二倍までなら出すから、今すぐフリーの再醒者《リメイカー》に予約入れておいてくれ……ああ！　全員分だ！」

「おい今何処に居る!?　ギルドハウスに集合しろっ!!　……はァ!?　んなもん今から決まってんだろ!!」

「今作ってる魂装兵器《レコード》は絶対にイベントまでに完成させろ!!　絶対だぞ!?」

「…………」

周囲から取り残されたように呆然と立ち尽くす俺。いや、周りの熱気が強過ぎてさ……。

「マスター！」

「っと、ミコトか！　凄い騒ぎだな！　一旦戻っとくか⁉」

「はい！　申し訳ございません！　此処《ここ》は少し騒がし過ぎますっ！」

周りの声が大きすぎるせいで叫ぶように話さないと会話にならない。俺はミコトを送還させると、次いでサラへと視線を移した。

「なぁ！　ここから離れようぜ⁉」

「そうね。いくら何でも騒々《そうぞう》し過ぎるわ」

形の良い眉を顰めながらサラが同意する。なら決まりだな。

「あれ？　ハーヴィスさんは何処行った⁉」

「あれなら私たちのことなんて忘れて、早々にギルドハウスに戻って行ったわよ」

「マジか……流石ガチ勢」

挨拶してくのを忘れるくらい興奮してるってことなんだろうけどさ。

「俺たちはどうする⁉　またアン珈琲店に行くか⁉」

「いえ、止めておきましょう。おそらくイベントについて話し合う人たちで溢れ返っているでしょうから」

「りょーかい！　なら俺のプライベートルームに行こう！」

「…………二人きり」

「えっ⁉　なんか言ったか⁉」

　こんな状況下なのだ。小声で呟かれても聞き取れる筈もなく、だから聞き返すのも致し方ないことだというのに……サラはブスっとした顔をするなり、俺を置いてさっさと一人歩き始めるのであった。

「おい！　だからなんて言ったんだよ⁉」

「早く行くわよ愚図《ぐず》、と言ったのよ」

「理不尽に辛辣《しんらつ》‼」

　……今更か。

6

「疲れた……」

「……」

　興奮冷めやらぬ人混みを必死でかき分け、這々《ほうほう》の体《てい》でやっとこさプライベートルームに辿り着いた俺たちは崩れ落ちるようにして項垂《うなだ》れる。まさかBGMが全然聴こえないくらいに騒がしくなるだなんてな。まさに〝お祭り騒ぎ〟と呼ぶに相応しい賑わいであった。

「けど、毎回あそこまで盛り上がってもらえるんってんなら運営としても喜ばしい限りだろうな」

俺にも覚えがある。苦労して作り上げたモノが評価された瞬間ってのは、何ものにも代え難い達成感を感じるもんだからな。

しかしそれに対しサラは「いいえ」と短く否定すると、立ち上がり椅子の元に歩み寄って行った。

「前回も前々回も、ここまで騒がしくなんてなかったわ」

ブスッとした口調で吐き捨てるように言いながらホログラムウィンドゥを操作するサラ。

ティーポットセットや洋菓子が次々とテーブルの上に並べられていくのを見やりつつ、俺も倣《なら》うようにして椅子に腰を下ろす。

「へー。てことは、今回が特別盛り上がってる感じか」

紅茶が注がれたカップを礼を言って受け取り、口をつける。

「ふぅ……。けどそうか、今回が特別なのか。それなら、前回と今回の違いは何なんだ？」

今回が初めてのイベント参加となる俺に前回との違いが分かる筈もなく、俺は典雅《てんが》に紅茶を嗜《たしな》むサラへ問い掛ける。

「端的《たんてき》に言うと難易度ね」

カップをソーサーに置くと、サラは再びホログラムウィンドゥを操作し二枚の画像《スクリーンショット》を可視化させた。

「こっちはさっき受信したメッセージをスクショしたもので、こっちは前回のレイドイベントの詳細ページをスクショしたものよ」

「……前回の難易度は4~6だったのか」

「対して今回は最高難易度の8よ。どれほどの難敵になるのか、想像もつかないわ」

どうなることかしらね、と苺のジャムクッキーを摘むサラを尻目に、俺は前回のレイドイベントの詳細に目を通し続けながら口を開く。

「参考までに聞きたいんだけどさ、通常のクエストの☆8に出てくるナイトメアのレベルっていくつくらいなんだ？」

「無いわ」

「え？」

「だから、☆8のクエストはまだ一つも無いのよ」

思わず視線を上げてしまうも、サラはそんな俺に構うことなくホログラムウィンドゥを操作し続ける。成程、これはたしかに〝どうなることやら〟だ。

「それと前回のレイドボスだった堕天使――アザゼルだけれど、運営が設定した推奨レベルは55からで、討伐に参加していたレベルが40にも届いていなかった戦闘妖精の殆どは開幕と同時にほぼ即死だったらしいわ」

「おい待て、☆6のボスの討伐に必要なレベルが55？　今回のイベントの難易度は6～8だろ？　ってことは推奨レベルは最低でもそれくらい必要に――……ぁ」

そこまで言葉にしてから、ふと脳裏を掠めた記憶を確かめるべくサラに可視化してもらっている画像の文章を読み進めていくと――短文なだけあって、欲しかったその一文はすぐに見つけることができた。

「……そうだった。今回はレベルに上限が設定されてるんだったな」

だから今回は推奨レベルにも上限があるのだ。

（けど……これってどうなんだ？）

まるで難解な問題を前にした時のように眉根を寄せる俺と同じ様に、サラもまた表情を険しくさせながらホログラムウィンドゥを睨み付けている。

「……今回のレイドイベントは、難易度の高さとボスの戦闘力はイコールじゃないと思って間違いないと思うか？」

「……たぶん」

別に正しい答えを求めて疑問を投げ掛けたわけではないのだが、しかし非常に珍しいことに、何とも自信の無さげなサラの口振りを耳にし軽く驚く。当然と言えば至極当然の答えではあるのだが、それでもそのあまりの物珍しさ故につい目を丸くしてサラを見つめると――サラは俺の視線から逃れるように目を逸らしながら言った。

「れ、レディーをジロジロ見るのは止めなさいっ、潰すわよ」

「レディーは人を潰したりしませんが」

まったく、とぷりぷりと怒りながら紅茶に口をつけるサラ。照れ隠しにしては些か物騒な発言が飛び出たものだが、これ以上の追求は止めとくのが賢明か。

「まぁけど、レベル上限が50なのに難易度が☆8に設定されてるってのは、ボスの強さ以外の何かが原因で難易度が上げられてると見るのがとりあえずの正解っぽいよな」

「でなければ暴動ものだわ」

互いに頷き合う。事実、さっきの広場での騒ぎ様を見れば言い過ぎだとも言えまい。

(なにせ創物者側はレベル制限されてるのにレイドボスは難易度通りの強さです――なんてことになったら、完全に詰むことになるだろうし)

それは前回のレイドイベントからも証明されていることだ。

「だけどそれは、俺たちにとって勝機になり得る要因だ」

「そうね。今まで通りのレイドの仕様だったなら、今回も終始トッププレイヤーたちの独《どく》擅場《せんじょう》となっていたのでしょうね」

単純に攻略難易度の高さ＝レイドボスの戦闘力だというのであれば、まだまだレベルの低いミコトやもんざえもんが活躍するのはまず有り得なかったことだろう。

だがどれほど攻略難易度が高かろうとも、推奨レベルさえそれほど高くないというのであれば――もしかしたら、〝もしかする〟かもしれないのだから。

「そういやさっき、アン珈琲でレイドボスはリポップしないって言ってたよな？　それってレイドボスを討伐できるのは一回限りってことでいいのか？」

「そうよ。だからレイドイベントとは結局のところ、レイドボスの討伐を成功させるのを前提にした、誰がどれだけのダメージを与えられたのか、誰がどんな活躍をしたのかといったことを競い合うイベントとも言い換えられるかしら」

「他の創物者とは協力関係にあるけど、同時にスコアを競い合うライバルでもあるってことだな」

その後も俺たちは意見や考察を交わし合う。とは言っても、半分以上は俺が訊ねる形だったがな。

そんなこんなで途中何度か横道に逸れながらも、話は二転三転する。

「ところで今回のレイドボスだけれど――あのＮＰＣが言っていた存在に心当たりはあっ

て？」

とか言いつつも、言外に「まぁ分からないのでしょうけれどね」とでも言いたげな感じのサラ。まあ、今まで振り返ってみればそう思われても仕方ないのかもしれないが……やられっぱなしってのは俺の性に合わない。俺はニヤリと笑みを返すとその期待に応えてみせた。

「ああ。幾つか知らない逸話《いつわ》はあったけど、あの女性が言ってたのは多分――」

そうして彼《か》の王の名を告げると、サラはさも驚いたとばかりに目を見開くのだった。

「……人形馬鹿《いろは》のくせに」

「フフンっ」

余程悔しかったのか、ジト目で睨み付けてくるサラだがその毒舌にいつもの冴《さ》えは無く、俺は鼻息も荒くドヤ顔でサラを見返した。……尤も、負け惜しみのつもりで言っただけなのかもしれないサラの発言は実はそれほど間違いでもなかったりするので内心ドギマギしてるのだが。

――白状すれば何ということはない。人形作家として働いていた頃、北欧神話に登場する神様を題材《モチーフ》にした人形の製作という依頼を請け負ったことがあったために知り得ていただけに過ぎないのだ。

（とは言えバカ正直に言うつもりは無いけどな）

折角気分良く優位に立てている状態をむざむざ放棄するつもりも逃すつもりもない。俺はおかわりの紅茶を注ぎつつ、自然な流れで話題をシフトさせる。

「〝魔術の王〟って言ってたくらいだから、今回は魔法に特化したレイドボスだろうな」

「それに関してはまだ断言できないけれど、少なくとも魔法を行使《こうし》してはくるでしょうね」

「レベルのこともあるし……もしかしたら、今回のレイドイベントはミコトでの攻略は絶望的なものになるかものかもしれないいな」

今後のレベルアップによるステータスの上昇値や配分がどういった形で落ち着くのかは分からないのでなんとも言えないが、少なくとも現時点ではミコトの物理防御力と魔法防御力は決して優れているものとは言い難い。装備一式を丸ごと変えるなどして僅かながらの強化を行いもしたがそれにだって限度はあるし、ましてや格上の敵——しかもそれがレイドボスともなればもう、焼け石に水とまで言っても過言ではないのかもしれない。

「だとしたら今回は大人しく指を咥えて見ているとでも？」

「ハッ、まさか」

わざとらしく煽ってくるサラを一蹴する。仮に今回のレイドボスがミコトにとって相性最悪の魔法特化型であったとしても、今の俺にはもう一枚カードがあるのだから投了《リザイン》するにはまだ早い。

「あっちが〝魔術の王〟だってんなら、こっちは〝眠れる魔女〟で挑むまでだ」

自分のやるべきことが見えてきたからか、自然と笑みが浮かんできてしまう。予想では9号の修理は五日ほど掛かる見込みだったが——。

「三日だ。三日で9号の修理を終わらせてやる」

言いながら、作業台の上に9号を横たわらせる。これは時間との戦いだ。早く修理を終わらせることができれば、その分だけ二人のレベル上げに時間を割けるのだから。

「つーわけで俺はこのまま9号の修理を再開させてもらうぜ。お前はどうする？」

「もう少しだけ情報を集めてみて、それから動こうと思ってるわ。こっちのことは気にしなくてはいいから、黙って手を動かしなさいな」

「へいへい。——んじゃ、お言葉に甘えさせてもらうとするかね」

目を瞑り、深呼吸を一つ。意識を切り替え、すぐさま作業に没頭した俺だったので——だから拗ねたような口振りで呟かれた不満が耳に届くことはなかった。

「…………やっぱり人形馬鹿じゃない」

イベント開始《タイムリミット》まで、残り九日。

戦闘準備《スタンバイ》

◇◆◇　◇◆◇　◇◆◇

9号の修理に着手し始めてから早くも三日が経過した。つまり今日が9号の完成予定日というわけなのだが……。

「うーーん……分からん！」

いやなんとか全部直し終えたんだぜ？　直し終えた筈なんだけど……何故か9号が目を覚まさないんだよ。肩を揺すろうとも頬を突こうとも、一向に目を覚ます気配を見せないのだ。

「何が原因だ？　何もミスっちゃいないと思ったんだが……」

ブツブツと呟きながら9号のステータスを確認する。まあ、こんなことで解決するとは思っちゃいないけど念のため、な。

【Name：9】
※起動不可
【Lv：32】
【Grade：★★★★★★★★】
【Type：陶磁器人形《ビスク・ドール》】
【Status】
耐久性（HP）：1228／1228
精神力（MP）：1432／1432
物理攻撃力（STR）：71
物理防御力（DEF）：65
魔法攻撃力（MAT）：289

魔法防御力（MDE）：212
敏捷性（AGI）：77
器用性（DEX）：26
運（LUK）：18

【Skill】
▽《マジックショット》
▽《プロテクション》

【Owner：いろは】

※現在【9】は休止状態です。
【9】を起動させますか？

【YES】／【NO】


「これじゃん……！」

ガクッと膝から崩れ落ちる。前に爺ちゃんがパソコンの電源ボタンを押さないで起動するのを待ち続けていたのを見たことがあったが、血は争えないということなのか？

ともあれ、この【YES】をタップすれば9号は目覚めるというならこのあとは予定通りレベリングを行うとしよう。残り六日でどこまでレベルを上げられるのやら。

「……」

しかし——頭ではそんな風に考えてはいても、俺の指はあと少しでホログラムウィンドゥに触れるというギリギリのところで止まっているのであった。

（……恨んでるんだろうか）

元々決闘前から9号の状態は相当に酷いものだったが、俺たちの意思と手で〝行動不能《ブレイク・オーバー》〟させたのだ。今もあの時の選択と行動に後悔はしていないが……それでもいざこうして向かい合うとなると、やはり一つや二つ思うところがある。

（だからって、いつまでも尻込みなんてしてらんないけどな）

いずれにせよ、このままでは謝ることも叶わない。覚悟を決めた俺は「よし！」と一言呟くと再びステータス画面に視線を戻し、そして——。

「————」

非常に重たく感じる腕に必死で力を込めながら——俺はホログラムウィンドゥに表示される【ＹＥＳ】に、そっと触れたのだった。

変化は一瞬だった。

本当に一瞬だけ9号の身体は光を放つと、その直後にはもう9号は生気を取り戻していた。

――そして。

「――――……」

ピクッ、と小さく、けれど確かに9号が身動《みじろ》ぐ。さっきみたいに肩を揺さぶることも声を掛けることもせずにそのまま見守り続けると――ついに9号が瞼《まぶた》を開いた。

「――――」

開かれた虹彩《こうさい》が深紅の輝きを放つ。紅玉《こうぎょく》という希少性の高い宝石を加工して製作したこの眼球《ドールアイ》は、見た目の美しさだけでなく《星宿の銀腕》と同様にスキルを宿している。

「……」

音も無く床に下り立った9号が物憂《ものう》げな表情で自身の状態や装いを確かめ始める。ふわりとウェーブのかかった金髪を耳にかける仕草に見惚《みと》れつつ、やはり髪を切らないで良かったと一人満足していたところで、

「――――」

再度9号は目を閉じた。窓の外から射し込む陽の光に照らされたその横顔は一枚の絵画にして閉じ込めたいと思ってしまうくらいに神々しく、だから横目で視線を向けられた俺

が言葉に詰まってしまったのも当然のことであった。

「あ、と……」

蛇に睨まれた蛙という訳じゃないが、しどろもどろに言葉を尽くす俺。何と言って話し掛けるかすっかり頭の中から抜け落としてしまった俺はゴニョゴニョと呟いた後、最終的には当たり障りのない挨拶を9号に投げ掛けた。

「よ、よっ！　気分はどうだ？」

「――――」

……静寂《せいじゃく》。

寒々しい空気が流れ、居心地の悪さに目が泳ぐ。

そうしてついに耐えきれなくなった俺はさらに言葉を重ねようとして――それより若干早く、被せるようにして9号は重く閉ざしていた口を開いたのであった。

「素晴らしい目覚めよ、従者《ニンゲン》。世界が灰に色づいて見えてるわ」

「あぁ……はい。そっすかぁ……」

以前の虚ろな様子からはまるで想像できない、如何にも不機嫌そうな声音と冷ややかな視線にクラリと気が遠くなる。これはあれだ、恨まれてるってレベルじゃない。隙あらば殺してやるってレベルじゃないか？

「従者。紅茶とスコーンを所望《しょもう》するわ。あたし、愚図は嫌いなの。すぐに用意なさい」

「……ハイ。ヨロコンデ」

億劫《おっくう》そうに椅子から立ち上がる9号に圧倒されながら、俺はミコトに続きまたしても一癖も二癖もありそうな戦闘妖精《ヤツ》に振り回される事を予感しつつお嬢様の注文オーダーを聞き入れるのであった。

「え、えぇと……その、なんだ。9号、どんな感じだ？」

だがそんなセレブというかハイソな感じの雰囲気を醸《かも》し出している事実と躯の調子や具合については全くの別問題である。製作者としてはおそらく何の問題も無いものだろうと思ってはいるのだが、それでも相手に聞けば答えが返ってくるのであれば聞かない理由はない。

するとり号はチラリと俺を一瞥《いちべつ》しカップをソーサーに置くと一言、

「――及第点《きゅうだいてん》ね。次はダージリンのセカンドフラッシュを所望するわ」

「紅茶の感想じゃねぇよ。躯の調子を聞いてんだっての」

遥か上から目線の高慢《こうまん》ちきなお嬢様然とした振る舞いを見せる9号に訂正の言葉を入れるも、しかし9号は何処吹く風とばかりの態度のまま、ツンとした表情を崩さずに溜め息を一つ吐くと滔々と語り始めた。

「髪に艶が足りてないし爪の磨きも不十分。肌も若干乾燥気味だわ。それにこのドレスは既製品レディ・メイドよね？　腰回りが指二本分は緩いわ。このあたしが着るに相応しいドレスは完全受注生産品フルオーダーの物であるべきよ。

総じて――――……そうね。今回は初回という事で多少甘めに見てあげて……五十五点、といったところかしら？」

「……そりゃどーも」

涼しい顔をして答えたパチモノのお嬢様に、ヒクヒクと目尻と口端が震える笑みを返す。ズィークの下で戦った時とは全く違う性格の9号に――――……ん？

「なぁお前さ、もしかして今みたいな態度をズィークにもしたりしたのか？」

まさかそんな訳ないよな……？　と希望と期待を込めて恐る恐る聞いてみたら、9号はその端正な顔を苦々しく歪《ゆが》めると「ふんっ」と鼻を鳴らした。

「不愉快な事を思い出させないで頂戴。あたしの中では消したい過去なのだから。

――――ああでも、一つだけ愉快な思い出があったわ。

最初の頃、あたしが紅茶を求めたらあの男は『人形風情が人間のモノマネをするな』って言ったの。だからお利口なあたしはその命令通り、戦闘中にあの男の命令を全部無視してやった事があったわ」

「うわぁ……」

ご愁傷様、と手を合わせる。どっちに対してのものなのか自分でもイマイチよく分かっていないが。

だが俺の予想に反し、話にはまだオチがあるようで、9号はむしろここからが本番だと言わんばかりに意地悪く笑うと続きを口にしてみせた。

「そんな事を何度か続けてたら遂に我慢できなくなったみたいで、ある日いきなり〝どうしてボクの命令を聞かないんだー！〟とか言って喚《わめ》き始めたのよ。

だからあたしは淑女《しゅくじょ》の余裕をこれでもかと見せつけてこう言ってあげたわ。

『――お人形相手にずっと話し掛けるなんて、奇特《きとく》な人ね』――ってね」

9号の中では余程愉快な出来事だったらしく、口許を隠した9号が上品に微笑む。まあそれが原因でズィークから完全に見切りを付けられてしまったようで、続く説明で目や手脚を失うまでの一幕を語られたのだが……俺としては「ハ、ハハ……」と渇いた笑いを返す他できなかった。

「――あ。そういやまだちゃんと名乗ってなかったな。お前とは前に戦い合った仲だから少し今更感があるけど改めて――……いろはだ。よろしくな、9号」

最早《もはや》知らない間柄ではないが、それでも新たな関係の始まりに区切りは必要な筈だ。

だからこそ今後は創物者としてと宜しく、という意味を込めて名乗ったのだが……いったい何が気に入らなかったのか、途端に9号は不愉快げに眉を顰めたのであった。

「――名前」

「え？」

「あたしの名前よ。さっきからずっと気になっていたのだけれど、あたしを9号《きゅうごう》と呼ぶのは止めて頂戴」

「いや、止めてくれって言われても9号はお前の名前だし……それに名前の変更はできないんだよ」

ぶすっ、とした表情でそんな事を言われても、既にズィークが〝9号〟と名付けてしまっている以上どうする事もできない。それでも9号がどうしても自分の名前を受け入れられないというのであれば、今後はニックネームでも付けて呼ぶようにすればいいのだろうか？

すると9号はこれ見よがしに「ハァ…………」と大きな溜め息を吐くと、未だ眉間に皺を寄せたままの顔で俺を睨んできた。

「従者。一度あたしのステータスを確認なさい」

「え？　それならついさっき見たけど……」

「いいから。もう一度よく確認してみなさい」

「お、おう」

冷ややかな視線と共にそう告げられてはそれ以上反論するのも難しく、言われた通りにステータス画面を立ち上げる。

【Name：9】

【Lv：32】

【Grade：☆☆☆☆☆☆★★】

【Type：陶磁器人形《ビスク・ドール》】

【Status】

耐久性（HP）：1683／1683

精神力（MP）：628／628

物理攻撃力（STR）：22

物理防御力（DEF）：71

魔法攻撃力（MAT）：138
魔法防御力（MDE）：102
敏捷性（AGI）：43
器用性（DEX）：28
運（LUK）：20

【Skill】
《マジックショット》
《プロテクション》
《天壊》
《崩界》
《看破の浄眼》
├《幻惑無効》
└《魔力察知》

【Owner：いろは】

――――――――――――――――――――

「…………………………あ」

今更になって気付いた事実に気まずさを覚えつつ9号に視線を戻すと、ようやく気付いたのねと言わんばかりの呆れを多分に含んだジト目に迎え入れられた。

「で？　何か言う事は？」

「……スマン」

どう考えても俺が悪いので素直に頭を下げて謝罪する。実際の名前は【9】なのだが、ズィークが終始9号と呼んでいたのでそれが名前なのだと思い込んでいたのだ。

「けどそうするとなんて呼ぶかだよな。お前の方から何かリクエストとかあるか？」

「可笑しな呼び方でなければ何でもいいいわ」

その言葉通り、心底どうでもよさ気な口調で手をひらひらと振る9号。この様子だとよっぽど変な名前じゃない限りは口出ししてくる事はなさそうだ。

「そか。なら俺の方で決めさせてもらうぞ？

うーん……やっぱ普通に〝きゅう〟か？　それともキュー？　それかクーかナインかノインか――」

「ナインで」

「……」

「……」

「……きゅう？」

「……」

「キュー？」

「…………」

「……………………………………ナイン？」

「何かしら？　用が無いのなら気安く声を掛けないで欲しいのだけど」

小さく呟いただけにもかかわらず、予想以上の勢いで反応してみせた9号――改め【ナイン】に、俺は小さく苦笑いを溢したのであった。

◇◆◇　◇◆◇　◇◆◇

親方の工房を後にした俺は目的地へと向かうがてら、これまでの出来事と今後について肩を並べて歩くナインに説明した。尤もナインは俺の話になどてんで興味が無かったようで、どれだけ話を振っても「ええ」とか「そう」などといったおざなりな相槌《あいづち》しか返さなかったのだが……それでもちゃんと耳を傾けてくれてはいるだけ良しと思おう。

「――と、色々話していた内に到着だ」

やって来たのは【グレートキャニオン渓谷《けいこく》】の下層――攻略適正Ｌｖが20前後のエリアである。迷ワズノ森やレド森林地帯とは反対にこのエリアには草木が殆ど存在せず、その為出現するナイトメアも鳥型のものや爬虫類《はちゅうるい》型のものが多いのだそうだ。

今回はここでナインの諸々の確認とミコトのＬｖ上げを行うつもりだ。

「ミコトも一つだけ魔法スキルを使えはするんだけど、それを主軸に戦うスタイルじゃなくてさ。だから魔法スキルをメインにして戦う戦闘妖精はお前が初めてなんでよろしく頼むな」

ナインのＬｖは32。十近くも適正Ｌｖを上回っているので得られるＥＸＰ経験値は微々《びび》たる程度だろうがそこは無問題《モーマンタイ》。ナインに関しては最初からＬｖ上げをするつもりは毛頭無く、今回はあくまでナインの躯と魔法型の戦闘スタイルがどんなものなのか確認するだけなのだから。

（確かにＥＸＰは殆ど手に入らないだろうけれど、でもその分だけナインが遅れを取る危険性も低くなるからな。俺が余程的外れな判断や指示を与えない限りはナインが負ける事

は無い筈だ）

　ズィークとの決闘を終えてから俺が行ってきた事と言えば、ちょっとした素材の収集とミコトと俺の新たな装備品の作製、それとナインの再醒《さいせい》作業だけだ。それらの選択や優先順位が間違っていた事だとは少しも思ってはいないが……けれどその結果がＬｖが17で止まったままとなってるミコトと〝戦闘〟という部分に対して進歩も成長を得られていない俺だ。

　なら装備品の新調とナインの再醒も終えた今こそ、九日後に控えるレイドイベントに向けてレベリングに励む時に違いないのであった。

「――よし。じゃあ行くぞナイン」

　気合い十分！　といった感じで鼻息も荒く一歩を踏み出そうとした俺だったのだが――すぐ背後から聞こえた俺を呼び止める声におっとと、と鑪《たたら》を踏んだ。

「何だよナイン。どうしたんだよ？」

「どうしたも何もないでしょうが。あたしに装飾品を渡しなさいな」

　そう言って、ん、と手を伸ばしてくるナインに固まる俺。……え？　装飾品？

「に、従者……お前まさか、あたしの装飾品を忘れてただなんて言わないわよね……？」

　そう呟きながら怒りでわなわなと震えるナインに、俺は焦りながらもそうじゃないと言い訳をする。

「いやいや違う違うっ！　忘れてたって言うか何て言うか…………そもそも装飾品って、何？」

「――――」

コイツマジかよ、といった感じで絶句するナインに何て言葉を掛ければいいか分からず、つい誤魔化す風に「ハハ……」と笑ったところでようやくナインの金縛《かなしば》りは解けたようだった。

「う、嘘でしょう……？　だって武器や装飾品は持ってるだけじゃダメだって事くらい常識じゃないの……」

「あ、そのフレーズは何か聞いた事あるような気がするな……」

「気がするな!?　知ってるって言いなさいよそこはっ。ていうか、それならあの白髪の娘のどう説明するのかしら。あの娘にはしっかり装備させてるじゃないの！」

「えぇーと、ミコトの事だよな？　いやでも、ミコトにも武器なんて何も装備させてないぞ？」

「白々しい嘘を付くのはお止めなさいっ。見苦しいにも程があるわよ！　確かにお前と戦った時の記憶は薄《うっす》らとしか残ってはいないけれど、でもあの戦いの終盤でお前があの娘に銀色の腕を繋げた事はハッキリと覚えているのだからねっ」

シャー、と目を尖らせて威嚇《いかく》するナインの言葉に心当たりがあるとすれば【星宿の銀腕】の事しか思い当たらないのだが……でもあれは武器ではなく義腕である。

なのでそれはナインの勘違いである事を伝えたのだが――……それは逆により一層ナインの怒りを煽る結果になってしまった。

「ヴァカなのお前はっ！　あの腕が武器以外の何だと言うのよ！　どっからどう見ても紛う事無く純正の武器でしょうが！」

「え？　そうなの？」

「嘘だと思うならいっぺんあの腕で殴《なぐ》られてみなさいな。それで一発で昇天《しょうてん》したなら十分凶器《ぶき》でしょうよ」

「おぉ確かに――……いや待て、義腕じゃなくてもミコトに殴られたら普通に死ぬかもしれないぞ」

「安心なさい。その時はあたしがトドメを刺してあげるから」

「や、心配してるのそこじゃねーから」

今日目覚めてから一番の素敵な笑顔で素晴らしい提案をしてくれるナインにニッコリと笑みを返しつつ、俺はそこはかとない先行きの不安をひしひしと感じるのであった。

「――ま。いいわ。いつまでも無い物ねだりをしてても仕方ないし、さっさと行きましょう」

はぁ、と肩を竦《すく》めたナインはそれ以上何を言うでもなく、パッと気持ちを切り替えると俺を置いてスタスタと歩き始めてしまった。まあ十分にマージンを取ってはいるので何とかなるだろう。

◇◆◇　◇◆◇　◇◆◇

（念の為もう一度ナインのスキルを確認しておこう）

前を歩くナインの背を視界の端に捉えながら、俺は歩きながらステータス画面でナインのスキルを改めて確認する。

（スキルは五つ。《マジックショット》と《プロテクション》、《天壊》と《崩界》と《看破の浄眼》か）

以前苦しめられた《朽ち腐る刺突の魔手》のスキルが消えているのはナインの右手からあの棘《とげ》が無くなったからだろう。シンプルながらも強力なスキルだったのは確かだが、正直今のナインには最早不必要なスキルなので無くなってても問題は無い。

（けどそうなると、どれも俺が知らないスキルばっかかなんだよなぁ）

名前の感じからして攻撃魔法スキルっぽいのは《マジックショット》と《天壊》、《崩界》の三つ。《プロテクション》は防御魔法で《看破の浄眼》は……補助魔法的なものか？

仮にこの予想が当たってるにしても、どんな風に発動してどんな効果なのか分からない以上、一度は全て使ってみる必要があるだろう。願わくば動きがトロい敵に現れて欲しい限りである。

——そんな俺の願いは半分だけ聞き届けられた。

「「っ！」」

気付いたのはほぼ同時。

威嚇するかのようなけたたましい鳴き声を上げる存在《敵》へと視線を移すと、そこには灰色の翼を目一杯に広げた一羽の鳥型のナイトメアがこちらに向かって急降下してくるところであった。

【Ｎａｍｅ：グレイファルコン】

【Lv：17】
【HP：■■■■■■■■■■】

「キュアアアァァァァァァァ――――ッッ!!」

爛々《らんらん》と輝く赤い瞳にナインを映したグレイファルコンが鳥類特有の鳴き声を上げながら猛スピードで迫り来る。その速さはこれまで戦ってきたナイトメアの中でも群を抜いて素早いものであり、俺たちのデビュー戦の相手としては幾分《いくぶん》荷が重いように思える。

「ナイ「遅い」

バシュッッッ!!

「クュアアァッッ!?」

俺が指示を与えるよりも右の手の平を差し伸ばしたナインがグレイファルコンを魔法で撃ち抜く方が遥かに早かった。淡く輝く魔力の圧縮弾に翼を撃ち貫かれたグレイファルコンは苦悶《くもん》の悲鳴を上げると身体を大きく傾かせてしまい、それが結果としてナインが身動ぎする必要無くグレイファルコンの特攻を回避する形に繋がった。

「キュアアァアァアッッ!!」

その事実が癪《しゃく》に障りでもしたのか、グレイファルコンがナインの周囲を警戒するようにゆっくりと旋回する。おそらくナインが隙を晒すのを見計らっているのだろうが――……それは悪手《あくしゅ》だ。

「煩い」

そう睥睨《へいげい》し吐き捨てたナインが再度魔力の凝縮体を放つと、その攻撃はグレイファルコンの方から当たりに行ったようにすら見えるタイミングで直撃した。

(〝点〟で向かって来てる状態のを撃ち当てたんだ。なら〝線〟を引いてゆっくり飛んだらそりゃ撃ち墜《お》とされるわ)

それが決定打となり、グレイファルコンのＨＰゲージはグングンと減少していくとそのまま底を突いた。装飾品《ぶき》を装備していない状態ではあるがＬｖ差が齎す恩恵なのか、ナインはたった二度の攻撃だけでグレイファルコンを倒したのであった。

「よくやったナイン」

色々と予想を越える結果となったが勝った事には違いない。

至極あっさりと終わってしまった戦闘に若干の肩透かし感を感じつつも、俺は労いの言葉と共にナインの肩を軽く叩くと――……何故だかキッ、と睨み返されてしまった。

「何が〝よくやった〟よ！　何ですのさっきの醜態《しゅうたい》は！」

「え、しゅ、醜態って……？」

意味が分からず困惑する俺に、ナインはピッと指差すとグリグリと指を胸にめり込ませてくる。

「お前、さっきの喧しい鳥が近付いてきていると気付いた瞬間、どう対応したらいいのか分からなくなって固まったでしょう？　状況判断が遅い証拠よ」

そうバッサリとダメ出しをしてくるナインが尚も言葉を連ねる。

「究極的には〝迎撃〟か〝回避〟の二択しかないのだから即座に判断なさい。さっきみたいに迷って貴重な時間を消費するなんて論外よ。いいこと？　よく覚えておいて頂戴。あたしのような遠距離型の魔法タイプの戦闘妖精は、敵の接近を絶対に許してはダメなの。最悪の場合、何の抵抗もできないまま壊《こわ》されても不思議じゃないわ」

そう忠告と警告をしてくれるナインに頷きつつ、俺たちはそのまま周囲を探索《たんさく》しながらさっきの一戦のフィードバックをした。

何よりの反省点はやはりグレイファルコンの姿を最初に視認した際、そのスピードに気《け》圧《お》され指示を出すのが遅れてしまった点だろう（ナインが取得しているスキルがどんなものなのか全く知らなかったという理由もあるが）。

その時間のロスのせいで迎撃が間に合わないと踏んだ俺は態勢を整えようと口を開き掛けたのだが……実際には俺が迷いを見せていたその時にはもう既に、ナインは《マジックショット》を発動させる準備をほぼ終えていた状態というだった訳だ。

「お前も知っての通り、即時発動する物理系統のスキルと違い魔法系統のスキルは発動に幾許かの時間を要するの。だから味方であれ敵であれ、魔法タイプの戦闘妖精と戦う時はそれを頭に入れて立ち回りなさい」

「分かった。次からは気を付けて動くよ。……けど聞いた限りじゃ、魔法より物理系のスキルの方が使いやすそうな感じだな」

魔法の方が劣るなどと思っている訳ではないが、しかし発動にタイムラグが生じたり近付かれた際の事を考えると、どうしても使い勝手に難が有るように思えてしまう。素早く接近してブチかます方がずっとシンプルで解りやすいのも原因の一つなのかもしれない。

（慣れていけばその内この考えも消えるのか？）

魔法という概念《システム》がイマイチピンと来ないせいでそんな事を無意識に呟いてしまったのだが、それを聞き咎めたナインは間髪を入れずに答えてみせた。

「その点に関しては否定はしないわ。――でも、だからこそ魔法スキルは諸刃の剣と成り得るのよ」

「ん……どういう事だ？」

ナインの口振りではまるで〝魔法スキルは物理スキルよりも使い難いが、だからこそ強力なのだ〟と言っているように聞こえる。

そう確認の意味を込めて問い返すと、予想通りナインは小さく頷いて肯定《こうてい》してみせるとその理由を説明するのであった。

「言葉通りの意味よ。確かに魔法スキルは使用する側としては難しい部分があるけど――けど、それが厳しいものであればある程、魔法スキルは凶悪なものになるのよ――っと」

話しながらも警戒を怠る事をしなかったナインが岩影から跳び出てきた黄色い身体の蛙《かえる》――【マッドフラッグ】を《マジックショット》で屠《ほふ》る。

「で、どこまで話したのだっけ――？　……ああそうそう、条件の部分だったわね。今あたしが使った《マジックショット》は魔法スキルの中でも最弱のスキルなの。けど発動までのタイムラグは殆ど無かったでしょう？　つまり威力が弱い代わりにとても使いやすい魔法スキルという訳ね。一方、それとは逆に強力な魔法スキルは威力や効果が強力であればある程使用者に課せられる条件も重たいものとなるわ。発動までの時間が長かったり再

「ギャッ!?」「グモォォ!!」「ピィィィ!?」「キシャアァァァ!!」と、次々と現れるナイトメアを涼しい顔で《マジックショット》で撃ち抜くも、まるで一顧《いっこ》だにしないナインは重ねて言う。

「あたしと戦った時にあの白髪娘が最後に使った魔法もそうでしょう？　あれだけ威力があった魔法なのだから相当のリスクがあったのでしょうね」

まあそうでもしなければ勝てなかったでしょうけど、と言って言葉を区切ると、ふとナインは足を止めるなり肩越しに窺う様な目を向けてきた。

「……どうかしら？　あたし、少しは役に立ったかしら？」

「ああ、立った。すんげー立ったわ」

一切の誇張も無しに、本当に役に立つ事ばかりをナインは教えてくれたと強く頷く。ぶっちゃけ戦闘妖精に色々教えてもらう創物者ってのも自分でもどうかと思うところではあるが。

けどそんな不甲斐《ふがい》無さを噛み締める俺の姿に何か感じ入るものでもあるのか、ただジッと、言葉も無しにどんな感情の色も見出だせないクリアな視線を向けてくるナイン。

「ど、どうかしたのか、ナイン？」

「――別に。それより、次はお前が指示してみなさい」

一拍置いたのち、踵《きびす》を返して今まで歩いて来た道を再び戻り始めるナイン。その言葉の裏側に潜む意味が何なのか知りたいところではあるが……無遠慮に踏み込んで機嫌を損ねたくはなかったので、無難に「ああ」と頷くに留めるのだった。

……だから背を向けて平坦な声で訊いてきたナインの問いにも、特に深く考えたりはしなかった。

「正直、あたし一人で戦った方が楽だし効率も良いのだけど……でもそれだと納得できないんでしょう、お前は？」

「一緒に居るんだから、んなもん当たり前だろ」

「――――、」

ピクリ、と。

ナインの肩が微かに揺れ動いた気がしたのも一瞬。足場が良くないせいだと結論付けた俺はすぐにその事を頭の隅へと追いやると、置いて行かれてなるものかとばかりに歩を進めるのであった。

――その時浮かべていたナインの表情を見ておけば良かったと心底後悔する羽目になるだなんて、この時はまだ知る由もない事であった。

◇◆◇　◇◆◇　◇◆◇

――その翌日。

当初の予定とは異なり、昨日はログイン制限時間タイムリミットが来るまでずっとナインで戦い続けてしまった俺は、今日こそはとミコトのＬｖ上げを行うべくつもりでグレートキャニオン渓谷へと赴いたのだが……。

「見ろよミコト。あのタヌキみたいなブサ猫、可愛くないか？」

「つーん」

飼い主（？）と思われる女性の創物者の手から餌《えさ》を貰いご満悦といった様子で踊るデブ猫の姿にも目をくれず、ミコトがぷいっ、とそっぽを向く。…………そう。街で召喚してから今に至るまで、ミコトの機嫌が非っっ常～～～に悪いのだ。既に何度か謝ってはいるのだが、今のところ一向にミコトの機嫌が直る兆《きざ》しは見られないのが現状だ。

「なぁ、俺が悪かったからさ。いい加減、機嫌を直してくれって」

「つーんつんつーん」

昨日召喚しなかった事が余程腹に据えかねているようで、何を話し掛けてもさっきからずっとこの調子である。ちなみに道中現れるナイトメアに対してはというと、俺が指示を出す前に無言で《ストライクブロー》や《ミコトすぺしゃる》を自分の判断で繰り出す徹底ぶりだ。

こんな状況にあっても俺が動揺せずに済んでいる理由を挙げるならば……偏に今のミコトとよく似た態度を取る人間を知っているからである。

(あれだ。ゆめがヘソを曲げた時と似てるんだ)

最後に見たのは俺が中学の頃だったか。

やれ買い物に付き合えだのやれ一緒に遊べだのと、当時まだ小学生だったゆめに結構な頻度でせがまれた俺は渋々ながらも付き合うようにしていた。

今のゆめからは想像もできない事だが実は昔のゆめは人見知りがとても激しく、そのせいで遊ぶ友達が誰も居なかったので遊び相手は俺一人しか居なかったのだ。

正直言えば人形製作の邪魔をされているようなものだったので煩わしさを覚えなかったと言えば嘘になるが……しかし、一人本を読むフリをしながらこっそりと皆で遊ぶ同級生たちを盗み見る姿を見てしまっては兄としては見過ごす事はできなかった。

——ここで終わるのならば美談となるのであろうが、そうは問屋が卸《おろ》さない。

確かにゆめに気を掛けてやってたのは事実だが、当時の俺もまた中学生になったばかりの子ども《ガキ》もだったのだ。

年下の――しかも妹と遊んだところで俺自身が楽しめる筈もなく、ゆめと遊ぶ回数が増えていくに比例して次第に俺はゆめと交わした約束を反故《ほご》にするようになっていった。約束した時間に遅刻したり片手間に相手をしてさっさと切り上げたり……酷い時は約束そのものをすっぽかして人形を作ったりしていた事もあった。

そんな時は決まってゆめも、今のミコトみたいに頬をぷく～、っと膨《ふく》らませてはそっぽを向いていたものだ――。

（そんな時はお菓子とかアクセサリーを買ってやって機嫌を取ったんだよな）

結局罪悪感に負けてその度に何か買ってやってたものだ。根が単純なゆめはただそれだけでコロッと機嫌を直してはくれたものだが……はたしてミコトはどうだろうか？

（感情表現の描写が過剰なのはゲームの世界だからって思いたいところだな）

前を歩くミコトの頭上には吹き出す蒸気のようなエフェクトが表示されている。それだけを見た限りだと簡単には機嫌は直りそうもないが――。

「あー、あー……それなら……よし、あれだ。ミコト、街に戻ったら何か買って「本当ですか!?　言質《げんち》戴きましたからねっ！」――いや、まぁうん。いいんだけどな」

けれどそんなおれの予想を裏切り、ミコトはバッ、と振り返るなりキラキラと目を輝かせて俺へと詰め寄って来た。そんなミコトを手で制し宥《なだ》めつつ、ぼんやりと頭の片隅で思う。

俺としては全然ちっとも問題は無いんだけど……ちょっとチョロすぎやしないか？　お前。

「さぁマスター！　張り切って行きましょう！　今日は全てわたくしにお任せくださいねっ！　しゅっ、しゅっ、しゅっ！」

「……おう」

〝♪〟のエフェクトアイコンをぽこぽこ表示させながらシャドーを繰り広げるミコトの姿に――……もしかしたら飴玉《あめだま》一つでも懐柔《かいじゅう》できてしまうのではと思ってしまったのも無理からぬことであった。

◇◆◇　◇◆◇　◇◆◇

「ギョギョォ……」

ミコトの《ミコトすぺしゃる》をモロに喰らった【青魚人】がポリゴンの結晶体になってから爆散したのと同時、Ｌｖが上がった時に鳴るポップ音が聞こえた。

「これでＬｖ25か」

時間効率とリスクを天秤《てんびん》に掛け、間を取って狩場を三階層に移してみたのだが、その成果は目に見えて表れる程のものだった。休憩無しでぶっ続けで戦ったのも理由の一つに数えられるが、何とたったの二時間ちょっとでミコトのＬｖを8も上げる事ができたのだ。

推奨Ｌｖが26に設定されてるフィールドなだけあって現れるナイトメアもそれなりに強いが、得られるＥＸＰ経験値もかなりのものであった。

「とはいえ流石にＬｖが上がるスピードは落ちてきたな」

25に上がるまでに大体三十分くらいといったところか？　これから先はもっとＬｖを上げるのに時間が掛かるが……どうするか。

（ここでこのままマージンを取ってＬｖ上げをするか……それとももう一つ上の階層に登るか）

このフィールドにはミコトの苦手な魔法スキルを使ってくるナイトメアは一種類も居ないので、最早ミコトが遅れを取る事は無いだろう。

だが一階層に居たグレイファルコンのような飛行型のナイトメアや二階層で現れたゴブリン・シャーマンのような魔法特化型のナイトメアが四階層に居るとその限りではない。只でさえミコトとは相性が悪い敵だというのにＬｖ差によるハンデまで背負ってしまっては万が一という事も十分に考えられる。

（それに……）

ステータス画面を立ち上げてミコトのＭＰを確認すると〝21／306〟と表されており、ミコトのＭＰが枯渇《こかつ》寸前であることを示していた。ハンデを背負った上にスキルの発動までも制限されてしまっては苦戦は必至だ。

（そもそもこの残量だとあとどれくらいスキルは使えるんだ？）

表示されているミコトのスキルをロングタップし、能動型アクティブスキルのスロット画面を確認する。

スキルスロット【1】

◆スキル名
【ストライクブロー】
◆スキルランク
【☆★★★★★★】
◆属性
【物理・無】

◆射程
【近】
◆最大捕捉
【1】
◆消費MP
【2】
◆発動条件
【―】
◆スキル詳細
【近接格闘型の戦闘妖精が必ず体得する初期スキル】
◆特殊効果
【―】

スキルスロット【2】

◆スキル名
【ミコトすぺしゃる】
◆スキルランク
【☆☆★★★★★★】
◆属性
【物理・無】
◆射程
【近】
◆最大捕捉
【4】
※対象が多い程威力は減少。
◆消費MP
【8】
◆発動条件

【―】

◆スキル詳細

【近接格闘型の戦闘妖精が体得することがあるコンビネーションスキル】

◆特殊効果

【―】

スキルスロット【3】

◆スキル名

【穢れ無き、銀河に響け星の夢《アガート・ラーム》】

◆スキルランク

【☆☆☆☆☆☆☆★】

◆系統・属性

【魔法・星】
◆射程
【近～中】
◆最大捕捉
【斜線上に存在するもの全て】
※対象が多い程威力は減少。
◆消費ＭＰ
【１００】
◆発動条件
【使用者が魂装兵器・《星宿の銀腕》を装備中であり且《か》つ破損状態でないこと】
◆スキル詳細
【天に輝く星光は如何なる穢れをも浄化する】
◆特殊効果
【このスキルによってダメージ計算が行われる際は以下の効果が適用される】
・このスキルの威力は使用した戦闘妖精のＡＴＫとＭＡＴの数値を合計して計算する。
・このスキルの系統・属性は〔魔法・星〕であると同時に〔物理・星〕でもある。

・このスキルの系統・属性は最終的に対象に与えるダメージが大きい系統・属性が優先される。ダメージ量が等しい場合は〔魔法・星〕が優先される。

スキルスロット【4】

Empty

「《ミコトすぺしゃる》は最大でも二回か」

ナイン曰《いわ》く、自分の戦闘妖精のMP管理をするのに一々画面を開いて確認しているようでは三流らしいのだが仕方がない。きっとその内慣れる筈だ、うん。

それより今はミコトのLv上げについてである。何とも恥ずかしい名前のスキルだが、

《ミコトすぺしゃる》が今のミコトの主力スキルである事は事実。このスキルが使えないとなると効率は大幅に下がってしまう。

（ＭＰを回復させるアイテムはあと十分経たないと使えないし……今はここでＬｖ上げするのが安定だな）

一先ずは《ストライクブロー》だけで立ち回り、ＭＰが回復できたら四階層に登ってみよう。上手くいけば今日中にミコトのＬｖは30を超える事だろう。

「ミコト。そろそろ再開しようと思うんだが――……行けそうか？」

「はい。問題ありません」

岩に腰掛けて瞑想《めいそう》していたミコトが楚々《そそ》とした挙動を見せて立ち上がる。サラが言うには戦闘妖精が行うこの行為には、極微量ながらもＨＰとＭＰの回復促進効果があるらしいのだが……。

「……？　マスター、どうかなさいましたか？」

「――いや。何でもない。それより準備ができたのなら行こう」

「あ、はいっ、畏まりました」

話を一方的に打ち切って一人歩き出した俺にミコトが少しだけ慌てた様子で駆け寄り肩を寄せてくる。

言葉には出さずともチラチラと見上げて訊ねてくるミコトに気付かないフリをしつつ、俺は一刻も早くナイトメアミコトのＥＸＰが現れやしないものかとただ待ち望むのであった。

……自分の戦闘妖精につい見惚れてしまっていただなんて、絶対に口が割けても言える筈がなかった。

「――」

まるで後ろ髪を引かれでもしたかのように足を止めたミコトが髪を靡《なび》かせて振り返る。

「？　ミコト？」

「――何かが、近付いて来ています」

いつになく硬い声音のミコトが告げる。その目は険しく、既に迎撃態勢へと移っていた。

「戦闘妖精《ドール》か？」

「……いえ。ナイトメアかと思います。これ程の情報質量存在感を戦闘妖精が放てるとはとても思えません」

それでもこれは異常ですが、と視線を逸らさぬままミコトが告げる。俺には何も感じられないのだが、しかしミコトの感覚と自分の感覚のどちらを信じるのかと聞かれれば――言うまでもない。

「戦ったとして、勝てると思うか？」

「…………死力は尽くします」

「OK。よく分かった」

ぽん、と背を叩く。事あるごとにサラと意地を張り合っては見栄を張ることも多いミコトだが、戦闘に関しては油断も過信もしない。ミコト曰く〝判断を誤ればマスター《俺》の身を危険に晒すから〟とのことなのだが、そんなミコトが表情を曇らせてそう答えたというのであればそういうことなのだろう。

「三十六計逃げるに如《し》かず、ってな。逃げるぞ、ミコト」

「はい」

どれだけの戦力差があるのかは分からないが確認する必要は無い。度重なる戦闘でミコトの状態も万全ではないのだから危険要因は少しでも避けるのが得策だろう。

（けどミコトがこれだけ警戒するナイトメアなんてこのエリアに居たか？）

ミコトと並走しながら攻略サイトの情報を思い返す。最深部に存在する〝固有名持ちネームド〟を除けばどれも今のミコトなら十分に対応できる程度のナイトメアしか存在していなかった筈なのだが――。

そんなことを考える余力を少しでも逃走する力に回していれば結果は変わったのだろうか？　思考の片隅でそんなことを考えていたところで――突然ミコトが跳び付いてきた。

「ッッ⁉」

ザザァァ！　と砂塵を上げ滑るように何度も転がる。二転三転と回転する世界はそう時間を置かずして止まったものの、それでも立てないほどではないが俺に小さくない混乱を生じさせたのだった。

「うっ……ミコト、何があった？」

何の理由も無しにこんな真似をする筈もなく、まだ微かに揺れているように見える視界を正そうと頭を振りながらミコトを抱き起こそうとしたのだが、

「ッッ‼」

ドンッ、と今度は突き飛ばされて仰《の》け反る――と、今度は俺もその目で捉えることができた。

パアアアアアアアアアアン‼

「ッ⁉」

一mも離れていない俺とミコトの間を碧色をした閃光《せんこう》が奔《はし》り抜ける。岩壁にぶつかりパチパチと帯電する様にミコトの行動理由を察した――のだが、にわかには信じ難い光景だ。

「あんな場所から攻撃してきたってのかよ……」

認めよう。確かに素早く行動に移せたというアドバンテージを得て敵への警戒が疎《おろそ》かに

なっていた点はある。あるのだが――それにしたってこれ、は無しだろう。

『――――』

視線の先、優に五十mは距離があろう先でそいつは佇んでいた。

ともすれば影とも亡霊とも見紛うその正体は漆黒の板金鎧《プレートアーマー》で全身を固めた一人の――

……いや一体の騎士。周囲を浸食するかのような不気味なオーラエフェクトを放ち、自身の背丈をも軽く超える長槍《ランス》を手にしたそいつが俺たちに攻撃してきたのは一目見て明らかなのだが……驚くべきはその射程距離だ。これほどにも離れた距離にある俺たちにまで攻撃を届かせるなど異常と言う他あるまい。

（ていうかあんな奴このエリアに出現したか⁉）

いや絶対に存在しなかった筈だ。この【グレートキャニオン渓谷】に出現するのは鳥獣・鉱魔・植物系のナイトメアのみで、そもそも何でこんな所に騎士型のナイトメアが現れるんだって話だ。

『――――』

そう静かにパニクっていたところで騎士型のナイトメア――名前が表示されないので便宜《べんぎ》上【黒騎士】と呼ぶことにする――が槍《やり》の先端で地面をトン、と叩いた。それこそ一切の力も込められていないと分かるほどの軽さで――だがそれが齎した変化は異常で、

「、っ」

「これは……」

世界が塗り潰された。それとも〝浸食された〟〝呑み込まれた〟とでも言い表すのが的確か。音は無く、けれど凄《すさ》まじい勢いで広がる影が全てを塗り潰す。地に転がっていた石や生えていた草は勿論、遂には空や太陽さえをも丸ごと呑み込んで——この場に残ったのは俺たちと黒騎士の三人だけだった。

（ステータスに変化は無しか）

すぐさまミコトのステータスを確認してみたのだが、意外なことにステータスには何の変化は見られなかった。見た目や様子からも異常は確認できず、かと言って俺自身にも何の変化も異常も無い。つまりこれは攻撃じゃなくて妨害。俺たちの逃走を阻止せんが為のものか。

「申し訳ございませんマスター。わたくしの力不足です」

「気にすんな。これはどうしようもなかったろ」

苦々しい表情で自責の念に駆られるミコトを慰める。事実、これはミコトに限らず誰であろうとも防ぎようのなかったのだから。

「それよりもだ。ミコト、出口は分かるか？」

闇、闇、闇。

どこを見てもどれだけ見回してもどれほど凝視しても目に映るのは暗闇だけ。障害物一つ存在していないので身を隠すことも叶わず、このままでは黒騎士との戦闘はまず避け得ない。それを懸念しての問いだったのだが、ミコトはふるふると首を横に振ると否定した。

「いいえ。マスター、〝異界概念《がいねん》〟に出口は存在しません。わたくしが知る限り、異界概念から脱出するにはその世界の支配者を倒す以外なかった筈です」

「異界、概念……？　スキルの一種か何かか？」

「はい。その認識でよろしいかと。名前や称号、二つ名を持つナイトメアの中でも極少数の――限られた個体だけが有してしている能力です」

「……おい、ちょっと待ってくれ。ってことは、あいつは――……」

「……はい。そういうことです」

「マジかよ……なんでそんなのが現れるってんだよ……」

戦闘妖精同様、ナイトメアにもＬｖや種族といった概念《システム》は存在している。その中で特に強大な力を持ったナイトメアは名を持っているのだが、まさかそんなのと遭遇《そうぐう》してしまうとは……。

『――、――、――』

まだ距離が離れ過ぎているせいか、依然として黒騎士のデータは表示されたりはしない。だが互いの視界にその姿が映されている以上それも時間の問題だろう。

「本来〝固有名持ち〟は通常の個体と違って同じ場所に留まり続けます。ですが極々稀に通常個体のナイトメアが名を得て〝真化プロモーション〟を果たすことがあります」

曰く、〝真化〟を果たしたナイトメアは以前の習性を喪失《そうしつ》しないが故に元から名を持っていたナイトメアとは違う行動を取るのだという。

「ようはザコキャラがボスキャラに出世したようなもんか」

俺たちはそんな珍しい個体と遭遇してしまったわけだ。もしかしたらサラやハーヴィスさんだったら喜んだのであろうかもしれないが、初心者の俺からしてみればこれほどに不運なこともない。

（けど端から諦めるつもりはないぜ）

格上の創物者であったズィークの時と同じだ。大きなハンデを貫い、その上で辛うじてではあるものの勝利を掴むことができたのは俺とミコトが最後まで諦めなかったからだ。ならば今回だって諦めなければ、きっとどこかに付け入る隙は残されている筈だ――。

「やるぞミコト。アイツを、落とす」

「――はい」

俺の表情と声音で全てを察したのであろう。一拍置いて答えたミコトが俺を守る様にして前に出ると、前傾姿勢気味に身体を落として構えを取る。

「どうせ逃げも隠れもできないんだ。だったらもう打って出るしか他にない――頼んだぞ」

「イエスマスター。お任せを」

ゆっくりと、だが着実にこちらへと近づきつつある黒騎士の一挙手一投足を注視するミコト。HPはまだ八割近く残っているがMPが枯渇寸前にある以上、切り札である【穢れ無き、銀河に響け星の夢】は封じられている。【ストライクブロー】と【ミコトすぺしゃる】のみで戦わなければならないのは非常に厳しいが……やるしかない。

「距離を詰めて近接戦に持ち込め。出し惜しみは無しだ。スキルの発動タイミングは全部任せるからいけると思ったら躊躇わずに使っていけ」

「はい」

本音を言えば無謀にも思える特攻などさせたくはないのだが、【穢れ無き、銀河に響け星の夢】が使えない今のミコトには中・遠距離からの攻撃手段が存在しない。もしもさっきみたいな攻撃を連発されようものなら俺たちは手も足も出なくなってしまうのだ。だから近接戦闘を仕掛ける以外に選択肢がないのであった。

「――」

「――――」

伝えるべき言葉は交わし終えた。だとすればこれ以上は何も要らない。あとはただ黒騎士を倒すことのみに意識を向けよう――。

「――――ッ！」

鋭く息を呑んだのと同時、ミコトが限界まで溜め込んだ力を爆発させた。力強く地を踏み締めるや、弾丸も斯《か》くやといった速さで飛び出して行く。大きく開いていた距離はみるみる内に縮まっていき――……そして遂にこれまで表れなかった黒騎士の情報が表示された。

【Ｎａｍｅ：知ヲ欲ス者】
【Ｌｖ：40】
【ＨＰ：■■■■■■■■■■■■■■■■■■■■■■■■■■■■■■□】

（Ｌｖ40……かなりのＬｖ差だがやれるか？）

一方のミコトのＬｖは25。その差は15。決して無視できない、大きなＬｖ差ではあるが――。

「ミコト！　そいつのＬｖは40だ！　勝てない敵じゃないぞ！」

「――、――――」

返事は無くとも俺の声はしっかりと届いたようで、その証拠にミコトは更なる加速をして応えてみせた。跳ぶように駆けるその姿は宛《さなが》ら暴風の化身と呼んでも過言ではなく、瞬く間に黒騎士の懐へと潜り込んでみせると――

パアァァァアンッッ!!

「っ!?」

っ、なんだ今のは!?　この薄気味悪い空間を構築した時と同様、黒騎士はただ槍で地面を軽く衝《つ》いただけだというのに、ただそれだけでミコトは突き飛ばされでもしたかのようにノックバックされたのだった。

「――っ、まだですっ！」

だが流石はミコトと言うべきか。勢いを殺されはしたもののすぐさま態勢を整えると追撃を行うべく、間髪入れずに黒騎士へと拳を振るってみせた。

「フッッ！」

右手に灯った仄かなライトエフェクトが尾を引いて描かれる。それはシンプルであるが故に最速最短で放たれたスキル――単発系拳撃スキルの【スロライクブロー】だ。威力こそ弱いものの、代わりに溜めや癖も無くＭＰの消費も極めて少ないので非常に扱い易いスキルなのだった。

……だが、

『――――』

ゴッッ――!!

「ッ、！」

線を引いて放たれた【ストライクブロー】はヤツの身体を捉えられず、槍の柄《つか》で難無くと防がれてしまう。いくら初期スキルだとはいえ片手で止められるほど威力は弱くない筈だというのにだ……！

「それなら――！」

（っ、上手いっ！）

正面からの攻略を困難と見たミコトがその場から消える――いや、消えたと錯覚させられるほどの速さで黒騎士の側面へと跳んだのだ。こうして離れた場所に居る俺ですら一瞬だけとはいえその姿を見失ったのだから、あのすごぶる視野の狭そうな兜《かぶと》を被っている黒騎士からしてみればきっとそれ以上に違いない。

「ッ――!!」

死角へと跳んだミコトが再び【ストライクブロー】を発動させる。声無き裂帛《れっぱく》の気合と共に放たれた拳は今度こそ吸い込まれるように黒騎士へと伸びてゆき――

ゴッッ――!!

「……」

「マジかよ……」

完全に捉えたものと思われたミコトの拳はまたもや黒騎士が握る槍によって阻まれたのだが……俺たちが驚いているのは単純に攻撃が止められたからだけではない。ミコトの攻撃を全く見ないまま止められたからだ！

（スキルを使われたり化物じみた反射神経で止めたってのならまだ良い）

だが単純に今の攻撃が黒騎士にとって視認するまでもない程度のものだったというのであれば……。

「っ、ミコト、攪乱《かくらん》して乱打だ！」

「、――――ツッ！」

こみ上げる悪寒《おかん》を打ち消すよう、大声を出した俺にミコトが地を蹴り黒騎士の周囲をデタラメに跳び回る。規則性の無い動きだが高いＡＧＩを有するミコトの高速移動に黒騎士は為す術も無くただその場で棒立ちとなるばかり。これまでの黒騎士の行動からヤツがミコトとは真逆の性質を有していることは簡単に予想できたので、この結果は予想通りと言えば予想通りなのだが……。

（反応し切れていないのか……それとも反応していないだけなのか）

願わくば前者であることを祈りたい限りだが――それもこれで答えが出る。

「――――――！」

黒騎士の背後を取ったミコトが矢のような速度を以て襲い掛かる。仮に反応されたとしても、単撃ではなく一つ一つの威力は低いが手数の多い乱打であるならば捌《さば》くのは決して容易ではない筈だが――どうだ⁉

『――、――、――■■ア』

途端、ジジ……と黒騎士が不快な音を発した。普段滅多に耳にすることはないが、けれど一度は聞いたことのあるこの音の正体は——そう、ノイズが走る音だ！　よくよく注意して見てみると、黒騎士の身体は所々がバグったように表示が崩れていた。

（何だ……何をする気だ？　——いや、何をしようがもう遅いっ！）

攻撃モーションに入っているミコトに対し、黒騎士は未だ反応をして見せない。もしかしたらスキルを発動させようとしているのかもしれないがそれが発動するよりもミコトの拳が届く方がずっと早い——！

「————ッ」

最弱クラスのスキルである【ストライクブロー】よりも更に威力は落ちるが、代わりにそれをも凌駕する速さの拳撃がミコトの手から放たれる。ボクシングで言えばジャブに近い形で放たれたそれは、着撃したのを皮切りに二発、三発と怒涛《どとう》の勢いで防ぎようのないラッシュが叩き込まれることだろう。

『　【■■■■■】　』

黒槍が、ミコトの瞳を穿《うが》った。

「…………は？」

パリンッ、と硝子《がらす》の割れる音と共にミコトが崩れ落ちた。

「ミ……ミコトッ‼」

トラウマ《死》への恐怖も無く、無我夢中で駆け出した。未だ倒れたままピクリとも動かないミコトを視界に収めながら、俺は目の前に映る現実とつい数瞬前に見た光景に思考を巡《めぐ》らせる。

（何が起こった⁉）

ミコトの拳が黒騎士を捉えたと確信したあの瞬間、いつの間にか黒騎士の槍がミコトの左目を穿っていた。

（ありえない……！　超反応とか条件反射とかそんな次元の話じゃないぞ今のは！）

確かに俺の身体能力や反射神経は人並み程度のものしかなく、間違っても人を超えた存在である戦闘妖精やナイトメアの攻撃には対応できるワケがない。躱《かわ》すのは勿論、防御することすら困難を極める。

だが、そんな俺でも戦闘妖精やナイトメアが攻撃した際に見せるモーションくらいは捉えることはできる。……予め言っておくが、それは別に俺が特別優れているからというワケではない。単にミコトたちがどれだけ速く動けたとしても〝攻撃する〟という動作が存在するならばどうしたって起こりは発生するワケであり、だから認識するだけならば人の身であってもそれほど難しい話ではない。

（だけどあいつは違う！　あいつにはそれが無かった！）

殴る。蹴る。斬る。薙《な》ぐ。撃つ。衝く。

どのような攻撃手段であろうとも起こりは必ず発生するものだが、けれど黒騎士にはそれが存在しなかった。俺の目には槍を突き出した過程を丸ごとすっ飛ばし、既に突きを放ち終えた結果だけしか映らなかったのだ——！

（俺が捉えられなかったワケじゃない！　あれは……あれは普通じゃないっ！）

喩えるなら黒騎士が攻撃した瞬間のフィルムのコマだけが抜け落ちたかのような違和感。距離を取っていた俺の目から見てもそう映ったのだから目と鼻の先にまで近付いていたミコトにはそれ以上の違和感を伴って映って見えたことだろう。

『——』

「!?　やめっ——！」

倒れたまま無防備を晒すミコトに黒騎士が槍を振り上げる。トドメの一撃を見舞おうとするその凶攻に、俺は反射的に届かぬ手を伸ばして、

「——疾ッ！」

『——』

ゴンッ!!　と重々しい音を立てた黒騎士が数歩後退る。黒槍を振り下ろそうとしていた

一瞬の隙を突いたミコトが蹴りを放ったのだ。

「ミコトっ！」

「申し訳、ございません、マスター」

黒騎士を蹴り押した反動を利用して身を起こすミコトだがその身体はふらついている。ダメージ量だけで見るなら四割程減った程度で済んだのだが、抑える指の隙間から僅かに覗く左目は完全に潰されてしまっており視界が閉ざされてしまっていることは明らかだ。

「……大丈夫か？」

なんと声を掛ければいいか少し迷ったものの、結局口から出たのはそんな陳腐《ちんぷ》な言葉だった。その程度の言葉しか持ち合わせていない自分に失望するが、けれどミコトは全く気にした様子も見せずにぶんぶんと頭を大きく振るった。

「はい、左目以外は問題ありません。……十分に迎撃を警戒していたつもりだったのですが躱せませんでした」

「ん、分かってる。あれは仕方ない。それより俺にはやつの攻撃が全く見えなかったんだがミコトは見えたか？」

「いいえ。わたくしにも捉えることはできませんでした。気が付いた時には既に貫かれたあとでした……」

『────』

俺たちの視線を一身に受ける黒騎士が視線を返す。兜の中はただ暗闇が広がり、そこに紅色の小さな灯火《ともしび》が二つ浮かんでいるだけだ。おそらくそれがヤツの目なのだろうが──。

（けどどんな姿形をしていようがこいつがナイトメアであることに変わりはない！）

だから必ず有る筈だ。さっきの非常識なまでの反応速度と攻撃速度の理由《からくり》が──。

（さっきの攻撃をスキルによるものだと仮定するなら今成すべき行動は──）

「ミコト、【ストライクブロー】ッ!!」

「ふッ──！」

一か八かに賭けるしかない。俺は敢えてミコトにフェイントを行わせずに【ストライクブロー】を発動させると二人の姿を凝視した。傍から見れば無謀にも見えるこの攻撃はけれど何の考えも無く突撃させたワケではなく──俺の予想が当たっているならばきっと黒騎士はこの攻撃を防ぐ筈だ。

「、っ！」

『────』

拳と槍がぶつかり合った瞬間、重い音を立てながら衝撃が空間を揺らした。前髪の奥に覗くミコトの片目は潰れているものの闘志は未だ冷め止まず、それどころか黒騎士を睨む残された方の瞳には煮え滾るほどの激情を秘めているのがこれでもかと伝わってくる。

「マスターっ！」

「手を止めるなッ！　さっきのノイズが出るまでは全力で攻めまくれ！」

「はいッ！」

撃撃撃撃撃撃――――！

狂嵐も斯くやといった激しさで猛攻に次ぐ猛攻を加えるミコト。一撃一撃はごく小さく軽いものであってもその分速度には目を見張るものがあり、小さくないＬｖの差が存在するとはいえこれら全てを完璧に捌き切るのは難しかろう。現に黒騎士はミコトを黒槍で防ぐだけで防戦一方となっている。

「よくも、よくもマスターに作って頂いたこの目を壊しましたねッ！　絶対その顔をブン殴ってやるから覚悟しろ――ッ!!」

怒りという感情をそのまま攻撃へと転ずるミコトが拳を放つ――が、尚も黒騎士にＨＰの減少は見られない。未だ黒騎士の振るう黒槍の盾を突破できない。

「はぁアアアア――ッッ!!」

そんな現実に、ミコトは咆哮を上げると更に拳を放つ速度を上げた。反撃なんてこれっぽっちも警戒していない、ただ相手を殴ることだけに意識を尖らせ加速し加速し加速して

――そして。

『――――』

ジジッ、と再び黒騎士の身体にノイズが走る――それはおそらくスキルの発動の前兆。視認することのできなかった反撃の正体だ。

「ミコト、またあの攻撃が来るぞ！」

スキルの〝発動待機時間《クールタイム》〟を経過してしまったらしく、ならば次に黒騎士から繰り出されるのはあの回避も防御も行えない攻撃――不可視の一撃だ。だとしたら創物者として俺はミコトに攻撃を止めさせて下がらせるべきなのだろうが――

「――ブチのめせッッ!!」

だが口から出た言葉はさっき自分で言ったのと丸きり反対の言葉だった。けれどもそれも仕方のないことだろう。何故ならミコト《相棒》を傷付けられて怒っているのは俺だって同じなのだから！　理屈では下がらせるべきだと理解《わか》っていても、どうしても感情が追いつかない――！

「――――――」

俺に背を向け黒騎士と相対し続けるミコトの表情は窺い知れない。けれどそんな俺の声に背を押されたミコトは承知とばかりに右の拳を引き絞ると攻撃する手を止めてみせた。

『――、――』

そんな隙だらけのミコトに黒騎士が攻撃の手を加えぬ筈はない。より激しさを増したノイズを走らせる黒騎士は好機とばかりにミコトへ黒槍を突き出し、

「――【高速起動《アクセラレート》】」

それと同じ速度で放たれたミコトの拳が黒騎士の顔面を撃ち抜いた。

◇◆◇　◇◆◇　◇◆◇

『――、――』

ザッ――、と瘴気《しょうき》を撒き散らしながら黒騎士が仰け反る。顔面に叩き込んだカウンターは黒騎士のＨＰゲージを数ドットだけ削っただけだがしかし、これでコイツは絶対に倒せない敵ではないことが立証された。

「――――！」

数秒にも満たない黒騎士の硬直の隙をミコトは見逃さない。振り抜いた拳を引き絞るのと同時、ミコトは更に一歩踏み込んでみせると追撃を加える。

『――、――、――』

全身から蒼いオーラエフェクトを放つミコトが矢継ぎ早に乱打を見舞わす。正拳《せいけん》は言う

に及ばず平拳や掌打《しょうだ》、背手打ちに手刀打ちといった多彩な攻撃手段を用いて黒騎士のＨＰゲージを削るその姿は正しく〝乱舞《らんぶ》〟と呼ぶに相応しいものであった。

（これは……何らかのスキルが発動している？）

ステータス画面を開くと〝ＮＥＷ〟のアイコンが点滅しており、〝常時発動型《パッシブスキル》〟のスロットウィンドウを表示させると――そこには予想通り、新たなスキルが表示されていた。

スキルスロット【1】

◆スキル名

【高速起動《アクセラレート》】

◆スキルランク

【☆☆☆☆★★★★】

◆属性

【自己・強化系】
◆射程
【――】
◆最大捕捉
【――】
◆消費MP
【0】
◆発動条件
【自身の最大HPが規定量を下回った瞬間に即時発動】
◆スキル詳細
【機煌炉を活性化させ身体能力の向上に成功したが……】
◆特殊効果
【自身の最大HPが70％を下回った瞬間、下記のステータス修正を加える】
・AGIに＋のステータス補正（大）
・STRに＋のステータス補正（小）
・能動型スキルを発動させる度に最大HPの2％が即時減少。この効果でHPは0

にならない。
↓【自身の最大ＨＰが40％を下回った時、下記のステータス修正が適用される】
・ＡＧＩに＋のステータス補正（特大）
・ＳＴＲに＋のステータス補正（中）
・能動型スキルを発動させる度に最大ＨＰの５％が即時減少。この効果でＨＰは０にならない。
・物理属性攻撃から受けるダメージ量が１．２倍増加する。
【自身の最大ＨＰが10％を下回った瞬間、下記のステータス修正が適用される】
・ＡＧＩに＋補正（絶大）
・ＳＴＲに＋補正（高）
・ステータス減少系の能力と効果を無効化する。
・精神異常系の能力と効果を無効化する。
・能動型スキルを発動させる度にＨＰとＭＰが即時１となる。
・全ての攻撃から受けるダメージ量が１．５倍増加する。

（常時発動型《パッシブスキル》……！　この土壇場《どたんば》の状況下で獲得したのか！）

これまでどれだけ戦闘を行おうとも一つだって入手することの叶わなかった常時発動型《パッシブスキル》をまさか今、この瞬間になって獲得することになろうとはいったい誰が予想できたであろうか。

ミコトを見る。

あの凄まじいほどの高速戦闘を可能としているのはこのスキルの効果と見て間違いない筈だ。ミコトのＨＰは４割を下回っているので今は二段階目の効果が適用されているワケだが――。

（攻撃性能が跳ね上がった代わりに防御面が下がった感じか）

能動型アクティブを使用する度にＨＰが減るようになり、さらに敵からの攻撃による被ダメージが増加してしまった。ミコトのＨＰが一定量まで減少すればするほど攻撃性能も上昇するワケだが、それと引き換えに大き過ぎるデメリットを背負わなければいけないのだから、今後も使っていくつもりなら十分に覚悟しなければならないだろう。

「ッツ――！」

ミコトの右手が無色《なしいろ》のライトエフェクトに輝く――【ストライクブロー】だ。初撃も二撃目も容易く封殺されたスキルだが、けれどこの【ストライクブロー】は【高速起動《アクセラレート》】との同時発動で放たれている。【ストライクブロー】単体だけでは黒騎士の防御を貫けなくとも、これならばもしかすると――。

『――――、――――』

黒騎士のＨＰゲージがまたも減少する。しかも今度は微々たるものではなく、ハッキリと減ったのが目に見えて分かった。どうやら俺が想像した通り――いや、それ以上に【高速起動】の効果は大きいようだった。

（けど、このままじゃ勝てない……）

【高速起動】を獲得したことにより新たな力を得たミコトは今も攻撃の手を止めることなく続けているが、しかしそれは止めないのではなく止められないのだ。手を止めようものならばすぐさま黒騎士は反撃へと転ずる筈だから。

（【高速起動】の効果でミコトの防御力は低下してる。そんな状態で攻撃を喰らっちまったらきっと……今度こそミコトは落ちる）

正しい使い方ではないかもしれないが……〝攻撃は最大の防御〟という状況か。

かと言ってこのまま攻め続ければ解決するほど話は単純ではない。ただのナイトメアならまだしも、〝固有名持ち《ネームド》〟である黒騎士が最期までずっとこのまま守りに徹するなどとは到底思えなかった。そう遠くない内にこの状況を打破するであろう何かを出してくるだろう。

暴嵐の化身が如く激しい猛攻を見せるミコトの姿を視界に入れながら思考する。黒騎士が攻めに転じた時こそが俺たちの敗北だ。ならばその未来を避ける為には今の内に何かしらの手を打たなければならない。

——どうする？

——どうすればいい？

ミコトは【高速起動】という新たな力を得て俺の期待に応えてみせた。

なら次は俺の番だ。俺が相棒《ミコト》の信頼に応える番だろう。

喩え作るだけしか能がなくとも、

喩え戦う力を持ち合わせていなくとも、

それでも、これからもミコトと共に戦っていくつもりならこのままではいられない。ただ安全な場所から指示を出すだけじゃなくて、もっと、リスクを背負うこととなっても構わないからミコトの力となれるような存在になりたい……——ミコトの〝隣《パートナー》〟に並び立つ者〟として。

（そのために俺ができること……）

今のミコトに必要な要因《モノ》。

これからの俺に求められる能力《モノ》。

これまで幾度となく模索しては得ることの叶わなかった答えを都合良く掴むことなどできよう筈もなく——だのに俺の右手は何故か、まるで何かに誘われたように反応してみせた。

「…………………………」

緩慢な挙動で手を伸ばす。何がどうしたいのか自分でも分からないが——けれどそうしなければならないことだけはハッキリと分かる。

すると伸ばした手、その指先に一頭の蝶《ちょう》が留まった。何が契機だったのか、それまで周囲に漂っていた瘴気が凝縮すると一頭の蒼い蝶へと姿を変えたのだ。

現実の世界には存在しない、淡い蒼色の光を放つ蝶は見入ってしまうほどに幻想的で、

『～～～～～～～～～～～～～～～～～ッッッ!!』

それに対し異常なまでの反応を示したのは黒騎士であった。さっきまでの一切の感情が抜け落ちたような虚ろな状態は何だったのか、一転して過剰なまでの反応をしてみせた黒騎士は言葉にならない咆哮を上げると——俺に向かって駆け出してきた。

「っ！！？　ま、待てッッ!!」

虚を衝かれたミコトが焦燥に顔を歪ませながら追蹤《ついしょう》する――だがそれも仕方のないことだ。何せ黒騎士のこの動きは従来のナイトメアの行動原理を完全に無視したものなのだから。

このゲームの基本常識の一つとして知られているように、ナイトメアは攻撃対象の優先順位を〝戦闘妖精＞＞＞創物者〟として設定プログラムされている。戦闘妖精を召喚していない場合に限りナイトメアは創物者を襲うように設定されており、そしてそれは決して揺らぐことのない絶対不変の事実と言い表しても過言ではなかった。超常の存在であるナイトメアに只の創物者《人間》が抵抗することなど到底叶わないのだから何ら可笑しな話ではなく、だからその事実を信じて疑ったことのないミコトが咄嗟に反応できなかったのも仕方のないことと言えよう。

それまで対峙していたミコトをそのままに、常識とされていた筈のシステムの設定さえをも無視した黒騎士が俺へと肉薄する。【高速起動】の効果で底上げされたミコトのＡＧＩを以てしても追い付けないスピードで迫る黒騎士の姿は宛ら、万物を貫く一本の槍とでも成ったかのような錯覚すら覚える。

（けど恐くない）

色の抜け落ちた世界がスローに流れる。本来なら視認することすらできない筈の黒騎士の姿も、その後ろで悲愴な表情を浮かべながら俺へと届かぬ手を必死に伸ばすミコトの姿も、今だけは鮮明に捉えることができた。

(この感覚を、俺は知っている――)

あの時と全く同じ感覚に、遂には思考さえをも置き去りに感情だけが加速する。

不可能など無いと。

凡《すべ》てが上手くいくと。

狂おしいまでの万能感を前にはこの身に迫る死すらも意識に映らない。

指先に留まる蝶は一際強い輝きを放つと小さく爆散し、プリズムの欠片となって俺の身体へと吸い込まれるようにして融けていく。

『[redacted]エ、[redacted]――――ッッ!!』

とうとう言葉を発する程にまで激情を滾らせた黒騎士が雄叫びを上げながら長槍を突き出してくる。多分瞬きをした瞬間にはもう、この槍は俺の身体を深々と穿っていることだろう。

――だから俺は、脳裏で蒼く明滅する言葉を呟いた。

「　　　　」

カラカラに渇いた喉奥からでもしっかりと言葉を紡《つむ》げた筈だ。だから俺は、してやったりと黒騎士に笑ってやった。

（次は、勝たせてもらうぞ）

そうして俺は、初めての〝ゲームオーバー《死》〟を迎えたのだった。

◇◆◇　◇◆◇　◇◆◇

カウントが0になった瞬間、世界が音と光を取り戻していった。

「…………………あー」

状況の把握に数秒。視界に映るのはいつもの通りの賑わいを見せる町並みだった。

「これが〝死〟か……」

想像していたよりも遥かにあっさりした感覚に言葉を漏らす。この程度なら今後も安心して死ねるというものだ。——無論、死なないに越したことはないのだが。

「それにしても——」

手をニギニギしながら考える。あの感覚はいったい何だったのだろうか、と。

初めてミコトを創り上げた時に感じた全能感やミコトに《星宿の銀腕》を繋げた時のような高揚感のどれとも違う、筆舌《ひつぜつ》に尽くし難き奇妙な感覚。

強いて言えば——……そう。胸の内から湧き上がったものではなく、外から注ぎ込まれて無理矢理萌芽《ほうが》させられたかのような違和感とでも言うべきか。

幸いにも今は既に落ち着いて霧散しているが……あれはいったい――。

「分かるかっつーの」

くしゃっ、と頭を掻き問題を先送りにする。ここでどれだけ考えたところで答えなど出る筈もないならば、せめて時間は有効に使うべきだろう。

先ずはミコトとナインのメンテナンスを行うべきか。俺は一歩を踏み出すと通い慣れた工房へと足を運ぶのであった。


「――そう。貴方も遭ったのね」

噂は事実だったということかしら、とサラは頤《おとがい》に指を当てると目を伏せた。睫毛《まつげ》が長いな、とどうでもいいことを思い浮かべたのも一瞬、すぐに気を取り直した俺は本題に意識を戻した。

「〝も〟ってことは、やっぱり俺以外にもあいつと遭った奴が居るってことか」

破損したミコトの硝子瞳《グラス・アイ》を修復する手を止めないまま聞き返す。繊細《せんさい》且つ精密さを要求される作業だが俺にとっては難しいことではなく、横目でサラを見てみると何とも言い難い表情ながらも肯定してみせた。

「最初に気付いた時点でもうあいつのＨＰはほんの少しだけだけど削られてた状態だった

んだ。多分、俺より先に戦った創物者の仕業だろうな」

まあ、黒騎士の絶対に逃がしてくれない能力とＨＰゲージの減り具合から結果は推して知るべしだが。

「黒騎士——【知ヲ欲ス者】はごく最近になって存在を確認された新種の〝固有名持ち《ネームド》〟よ。まだ目撃情報が殆ど無く、攻略方法どころか本当に実在するかどうかすら定かではなかったのだけれど——」

「そんなレアキャラだったのかよ、あいつ……」

ハァ、と肩を落として溜息を吐く。これほど嬉しくない幸運というのも然然《そうそう》ないだろう。仮定の話、ミコトが万全の状態であったのなら拾える勝ち筋もあったかもしれない——と考えるには些か希望的観測が過ぎるか。

（あれが〝固有名持ち〟か）

Ｌｖやランクの数値が絶対的なものだとは思っていない。相性だったり運やタイミング、その他外的な要因によって勝敗はひっくり返るものだと考えているが……黒騎士《あいつ》については話が別だ。

「底が全く見えなかったというか……あいつ、最後に俺を攻撃した時以外、本気を出してなかった気がするんだよ」

こうして思い返してみると、なんとなくだかずっと心ここに在らずといった感じで相手をされていたような気がする。余裕から生まれる慢心、ではなく……喩えるならそう、寝惚け眼《まなこ》のまま遇された感覚に近い。

「最初以降魔法を使ってこなかったのもそうだし、【高速起動】を使ったミコトを前にしても動じた様子を見せはしなかった」

そして最後にあのスピードだ。虚を衝かれ出遅れたのはまだしも、【高速起動】によって大幅に強化されていたミコトのＡＧＩを以てしても距離を離されてしまうほどのＡＧＩの高さを見せつけたあの瞬間こそが、黒騎士本来の実力だったのではないだろうか。

（或いは、それすらもまだ力の一端に過ぎないのかもしれないが）

どうであれ、俺たちの完全敗北であることに変わりはない。悔しいという気持ちは勿論あるが、そもそも最初から勝てる相手とは思っていなかったので今胸の内の大半を占《し》めているのは「やっぱりな」という思いであった。

「ま、Ｌｖ差に不利があった上にこっちはＭＰが尽きかけの状態だったんだ。それを考えたら良く善戦できたっていうか、寧ろ常時発動型《パッシブスキル》を獲得できたんだから万々歳だろ」

だからさ、と苦笑して再三部屋の一角に視線を向けた。

「――――そう気を落とすなって。ミコト」

そう言い、部屋の隅っこで正座しながら項垂れるミコトを慰める。その首には〝わたくしはだめなこです〟と、ミミズの這ったような字で書かれたボードが掛けられている……わざわざ用意したのか？　それ。

嘆息を一つ。作業する手を止めそっと硝子瞳を机の上に置いてから近付くと、ミコトはますます身体を縮こまらせ片目しかない瞳を潤ませたので、わりと手加減無しに頭をわしゃわしゃと撫で回す。

「ま、まずだぁぁぁ……」

己の無力さと不甲斐無さに涙しつつも、どこか嬉しさを滲ませるという器用ながらも奇妙な顔でミコトが俺を見上げる――〝ぶちゃいく〟とまでは言わないが、鼻は擤《か》もうぜ？折角の美少女が台無しじゃんかよ。

「あーあー、泣くなって。言ったろ？　今回は相手が悪過ぎたんだよ。しかもあいつがお前を放ったらかして俺に向かってくるなんて予想できる筈もなかったんだから仕方なかったんだよ」

「っ⁉　待ちなさいいろは。それは「ずびびーーーーっ‼」って煩いわね……。ミコト、貴女淑女の端くれを名乗るなら鼻くらい上品に擤みなさいな」

後ろで何かを言い掛けたサラの言葉をミコトの鼻を擤む音が掻き消す。上品な鼻の擤み方というのがどんなもんなのかは分からないが、俺としてももう少しだけ女の子っぽさが欲しいと思ったり。

「ちーんっ！　ぐしゅっ……上品…………せれぶ？」

「誰がティッシュの銘柄《めいがら》の話をしているかしら」

「??」

「……こほんっ、なんでもないわ」

可愛らしい咳払いと共に話を終わらせるサラ。ミコトの反応からボケではないことを悟ったのだろう、その頬は微かに紅く染まっている。

「とにかくなんだ……もう気にすんな」

「で、ですが理由はどうあれ、マスターを守れなかったという事実に変わりはなく……」

「――いい加減にしなさい。その本人が〝もういい〟って言ってるのよ」

未だ納得した意を見せないミコトに新たな声が掛かる――先に調整を終え、今は優雅に紅茶を嗜むナインであった。

「ナイン」

「従者お前は黙ってなさい。さっきから黙って聞いてれば過ぎたことをいつまでもメソメソメソメソと。最初から敵わない相手だったのだからこうなるのは必然だったのよ」

「っ！　お前――ッ！」

憤慨し勢いよく立ち上がったミコトを一瞥しないまま、素知らぬ顔で紅茶を嗜み続けるナインが言う。ミコトとしても理屈としては理解しているのだろうが、けれど感情が邪魔をして素直に受け入れられないのだろう。眉を不快げに顰めるとナインに対して食って掛かった。

「9号、わたくしは負けてしまったことを悔いているのではありません。結果でしか物を見てないお前と違い、わたくしはマスターの身を守れなかったことを悔いているのです」

「それだって結局は同じでしょ。最初からお前に従者は守れなかったってことよ――それと、あたしのことはナインと呼びなさい白髪頭。9号その名で呼ばれるのは甚《はなは》だ不愉快だわ」

「……わたくしにもマスターに戴いたミコトという名前があります」

「そ。よかったわね。それで白髪頭はいつまでベソをかくつもりなのかしら？　一々負ける度にこうもぴぃぴぃ泣かれては煩くて堪ったものじゃないんだけれど？」

「――次、白髪頭と言ったら全力でぶん殴ります」

拳を握り締め、ナインに剣呑な目を向けるミコト。その口調といい、もしかしたら本気で殴り掛かる気かもしれない。

「ま――」

「まあ怖い。腕だけじゃなく脳まで金属化してるからそんなにも物騒な考えが浮かぶのかしら――――……あぁ、胸もだったわね」

待て、と俺が口を挟み込もうとするよりも一瞬だけ早く口を開いたナインがミコトを煽る。ヤバい、と脳内で警鐘が鳴り響くも時既に遅く、静かにナインへと歩み寄ったミコトはその肩に手を置くとただ一言、

「――ちょっと死合《あそび》いましょうか」

……目が笑ってないっすよ、ミコトさん。

おまけ漫画

コミカライズ第1話

漫画：いづみやおとは
構成：梶田まさよし

retire shita ningyoushi no MMO chronicle

――人形師――
日本人形はもちろん
ビスクドール
マリオネット
ぬいぐるみから
フィギュアまで

粘土や木材、樹脂など
様々な素材を用いて
作り出す技巧者

中には
人間に見まがう程の
造形力を持つ者もいる

その世界の頂点たる
十八世紀から
代々続く系統
それが僕
佐倉いろはの
家系だ

これは
その十六代目に
なるはずだった僕が
ある事件を
きっかけに
仮想世界《いせかい》で繰り広げる
人形と戦いの物語――

十五代目である
祖父の仕事を
目の当たりにし
幼くして
人形作りに
魅せられた僕は
見様見真似ながら
人形を作り上げ
職人気質の祖父に
初めて褒められた
ろくに学校にも行かず
修行に勤しみ
十七歳で出展した
国際コンクール
OLL CREATER
ORLD COMPETITION
優勝は——

若き天才人形作家!
佐倉いろは!!
MIKOTO
『十五代目の孫』ではなく一人の人形師として認められたことにより
祖父が持つ協会最高位の『童話人形師《クラウン》』に次ぐ
『童話機巧師《エトワール》』の称号を得た
工房に籠もりますます人形作りに没頭する日々——
そんなある夜のことだった

おめでとう
いろは君
正式に師匠の後継者に
選出されたんだって？
兄弟子の俺より先に
世界一になっちゃう
くらいだもんなぁ……
……？
さすが師匠
自慢のお孫さんだ
……でも
それじゃあ
困るんだ
十六代目になるのは
!?

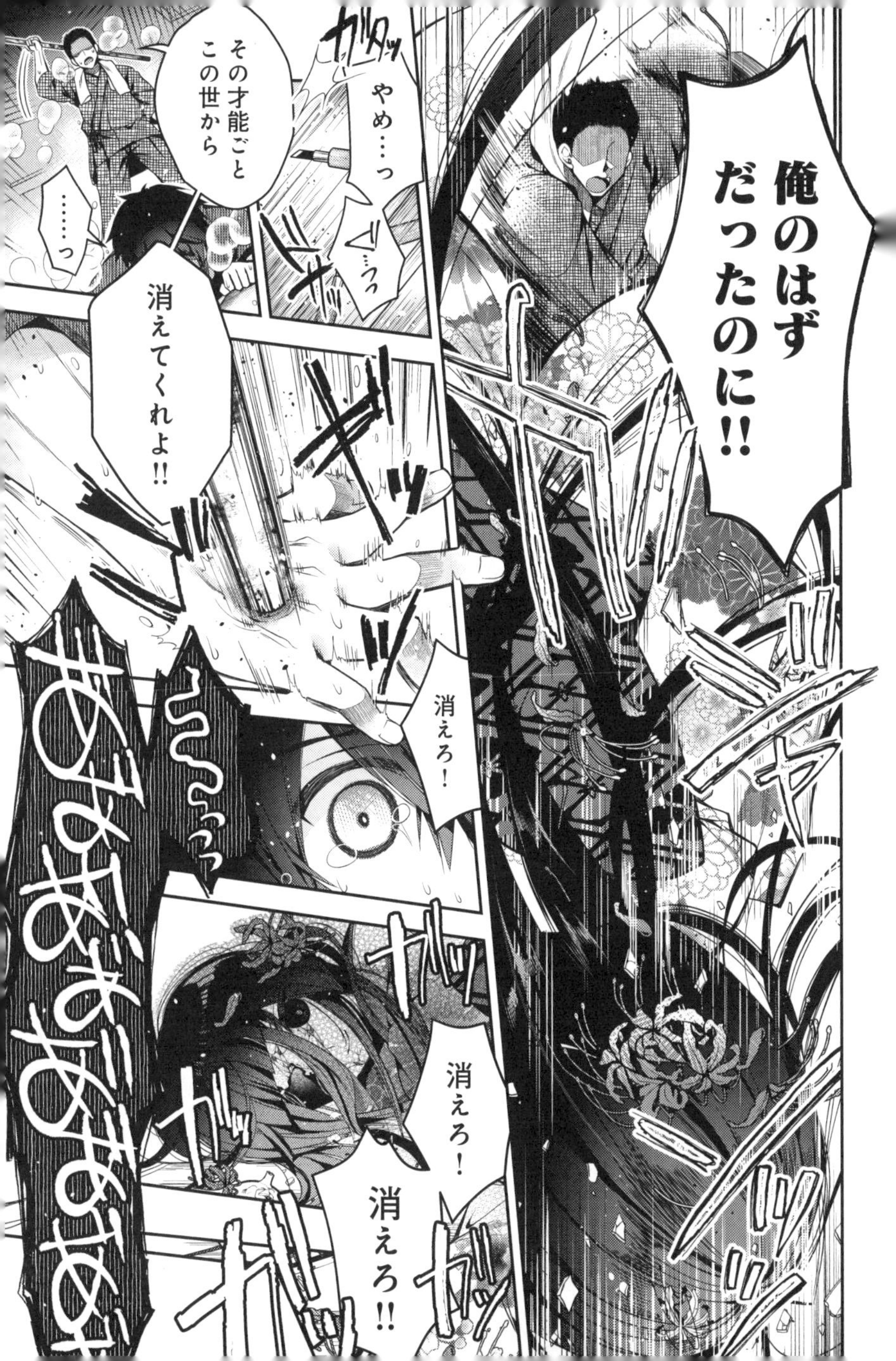

俺のはずだったのに!!
やめ…っ
その才能ごと この世から
……っ
消えてくれよ!!
消えろ!
消えろ!
消えろ!!

ザー…
凶行によって
深傷を負った右手には
重い後遺症が残り
もう以前のような
精密作業は出来ないと
医師に宣告され
人形師としての
命を絶たれた――
………
――お兄ちゃん
これ
使ってみない…？

友達が譲ってくれたんだけど…知ってる？
今すごい人気なんだよ
Dギア《discovery gear》
仮想世界を体験できるVRマシンなんだけど…
人形を戦わせるゲームもあって——
——人形を作ることもできるらしいの——
…仮想世界…
………
——わかってる
こんなことに意味なんてない

仮想世界《まがいもの》の自由なんて
——Welcome To Discovery Gear——
得たところで——
……ここ……
は……
服が変わってる…
あれ…？
ぱっ
ぐっ
力が入る

動く
ようこそ いらっしゃいました
カツン
カツ
創物者《オーナー》
いろは様

ここは
仮初の命を与えられし
『人形《ドール》』と呼ばれる
戦闘妖精《にんぎょう》たちの世界
オーナーたる貴方様が
自らの人形をカスタムし
『Doll's Order《ドールズ・オーダー》』の
世界へ

戦わせ、導き、高めることにより
完成され完了した存在《にんぎょう》『神性妖機《エターナル》』へと到ることができます
――完成され……完了した存在――

それは
ずっと追いかけていた
祖父の作品の中に
僕が見出していた
ものだった
いつか
自分もこの手で
たどり着きたいと
願っていたはずの――
はっ
いろは様？
どうか
されましたか？
………
いや…

我ながら往生際が悪い
いくら手が動いたところで
所詮は仮想世界だ
問題ないようでしたら
このまま初期設定に入りましょう
いろは様にはゲームを進めるために
三体の初期人形のいずれかより
一体を選んでいただきます

カチャ...
右から
能力は平均的ながらバランスのとれた『玩具人形《フィギュア》』
魔法能力に優れた『陶磁器人形《ビスクドール》』
物理攻撃に特化した『機巧人形《オートマタ》』
全てグレードは☆3からのスタートとなります
さあどうぞ

……この人形は
もう動くの？
はい
ご指示くだされば
思いのままに
じゃあ
脱いでみて
——…
はい
かしこまりました
オーナー様
しゅるるっ
ぱさっ
するっ
するる…
パサ…ッ

…細かく
見せてもらうよ
ぐいっ
するっ
くいっ
――――…

………
初回に付与される人形の中では
三体とも悪くない出来栄えかと思いますが…
――いや
だめだね
どれもいらない
素人目にはいいんだろうけど
内部の関節のガタつき
グラスアイの細かな傷
重心の偏り――
全て看過できるものじゃない
…だから用意されたものじゃなく

一から自分で作りたい
チチッ
……!
君が最初から僕の名前を知ってたのは
情報を自動取得したから?
はい
Dギアの固有機能です
生体認証でデータベースの一次情報にアクセスし
名前はもちろん性別や生年月日
経歴も把握しております
…知っての通り僕の手は現実ではまともに動かない
でも

仮想現実《ここ》では動く
……確かにマニュアルモードによりハンドメイドは可能ですし
そちらなら初手からハイグレード・ドールの入手が見込めますが…
歪な造形の人形はまともに動作せず
逆にグレードを下げてしまうため――
過去、成功例は無いに等しいハイリスクなシステムです

そんな失敗は しないよ
彼女たちの瑕疵を 目にした瞬間 確信したんだ 例え仮想現実《まがいもの》でも
僕は
人形師だから
――自分ならもっといい人形が作れる――
…かしこまりました
マニュアルモードへ 切り替えます

初期人形をキャンセルし
工房を開放
必要な素材は一通り用意されているはずですが
問題はございませんか？
……！

――ああ
充分だ
マニュアルモードも先ほどご案内した三種から選んでの制作となります
かぽっ
三種…
人形を高めるには戦闘が必要…
であれば重視すべきは…
――機巧人形を
――…
粘土に触るのなんて
いつ振りだろう…

…大丈夫だ…
いける――!
戦力優先とはいえ
無粋な人形なんて作りたくない
カリカリ
どうせなら美しくないと
例えば　彼女のように――
パチーンッ
パチーンッ

見惚れるほど
鮮やかな手際…
驚異的なスピード…
いかに
天才人形師とはいえ
彼は――
――やっぱり
楽しい――!

シュリ
シュリリッ
僕はこの手で
もう一度人形を・・・・!
……よし
組みあがった
髪束を貼りつけ
最後に——

かつ
華やかな
動きやすく
しゅるるっ
ぐいっ
きゅっ
ぎゅっ

衣装
これで

完成だ

ピッ
Doll's STATUS
Name：———
Lv. 1
Grade：★★★★★
TYPE：機巧人形
HP：110/110
MP：40/40
Owner：いろは
！
グレード……
☆5…!?

初期人形よりもグレードが2上がっただけ…
上限まであと3か…
ふむっ
こ…
こんなこと有り得ません…!
?
マニュアルモードとはいえ初期設定で用意されていたのはデフォルト素材のみ!
可動する人形すら作り上げられない造物主がほとんどですのに…!
…最初から『神性妖機《エターナル》』とやらは
さすがに高望みだったか…
――完成され完了した存在――

ス…っ
…まだまだ
爺ちゃんには
届かないな…
オーナー　いろは様——

──もしかしたら…
もしかしたら彼なら
あの方と渡り合えるのでは───?
『Dool's Order』の頂点に君臨する
あの方と───!

初期設定はほぼ完了いたしました
手をかざすとシステムウィンドウが開きます
Order
ゲームの進め方などのチュートリアルは次回ログイン時にご案内予定です
人形のグレードの上げ方は？
追加素材やレアアイテムはどうやって？
それも詳しくは次回ご説明しますが――
戦闘の勝敗で相手から移譲されるほか
ドロップ素材やカスタムパーツまたは人形本体の
売買で得ることも可能です
……
…売買…
最後に

彼女に
名前を
…名前…
それは今じゃなきゃだめ？
いえ
特に早く決めなければというルールはございませんが
……じゃあ
次回までに考えとく
かしこまりました
こちらがドールトランクの召喚キーです
人形は必要な時に呼び出せますが
常に随伴させるオーナー様がほとんどです

――――……
それではオーナーいろは様
―― LOG OUT ――
次回ログインお待ちしております――――
コソコソッ

キイ…ッ
お兄ちゃん…？
晩御飯の時間だけど…
寝て…
！
…………
パタン…
くるっ
ぱたぱた
……お母さーん！
お兄ちゃん寝ちゃってるみたいだから
ご飯後にしてあげてー！
先に食べてよう!!
ぱた
続きは COMIC コロナ TOcomics にてお楽しみください！

おまけ　コミカライズ　キャラクターデザイン

いづみやおとは
キャラクター原案：高瀬コウ

retire shita ningyoushi no MMO chronicle.

いろは
うしろ
パーカー?
よこ
靴

組紐チョーカー
よこ
ミコト
うしろ
袖
ひも→
シースルー

うしろ
サラ
よこ
もんざえもん
140cm
くらい?
手ぶくろ

うしろ
9号
ウェディングドレス風
ヴェール
もじゃもじゃ縦ロール
ポニテ
欠損箇所
前に折れる
赤毛
ハイヒール

チャラい感じで
ピアス→
ズィーク
スカーフ
ベストの中に入れる
シャツは白

ナビ子
後ろ
ワンピース
横
ブーティ

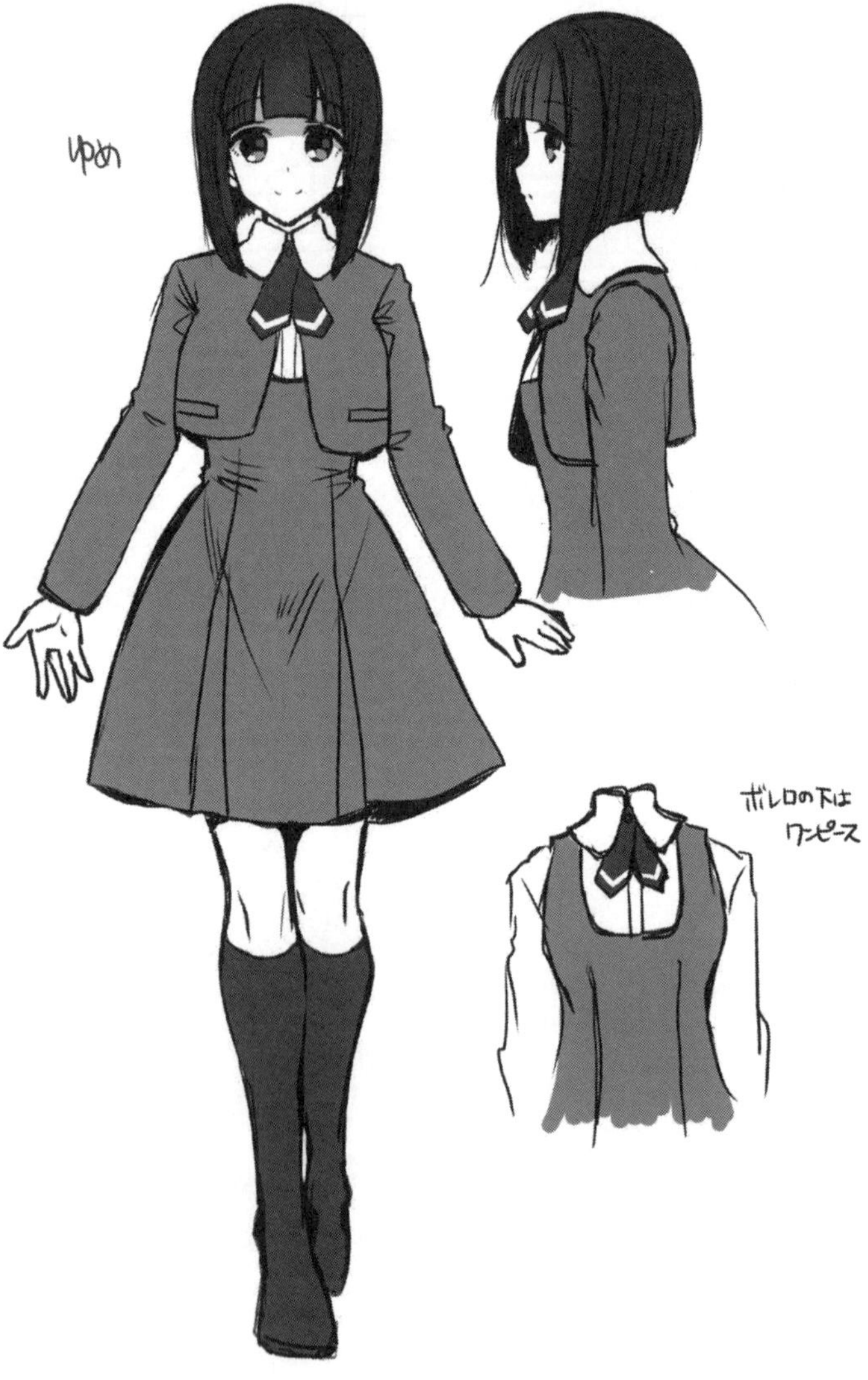
ゆめ
ボレロの下は
ワンピース

もんざえもん

楽しい船遊びから一転、
はぇ……
……？
寝起き

［著］イスラーフィール。
［絵］碧風羽《みどりふう》
2020年11月20日
最新第九巻発売！

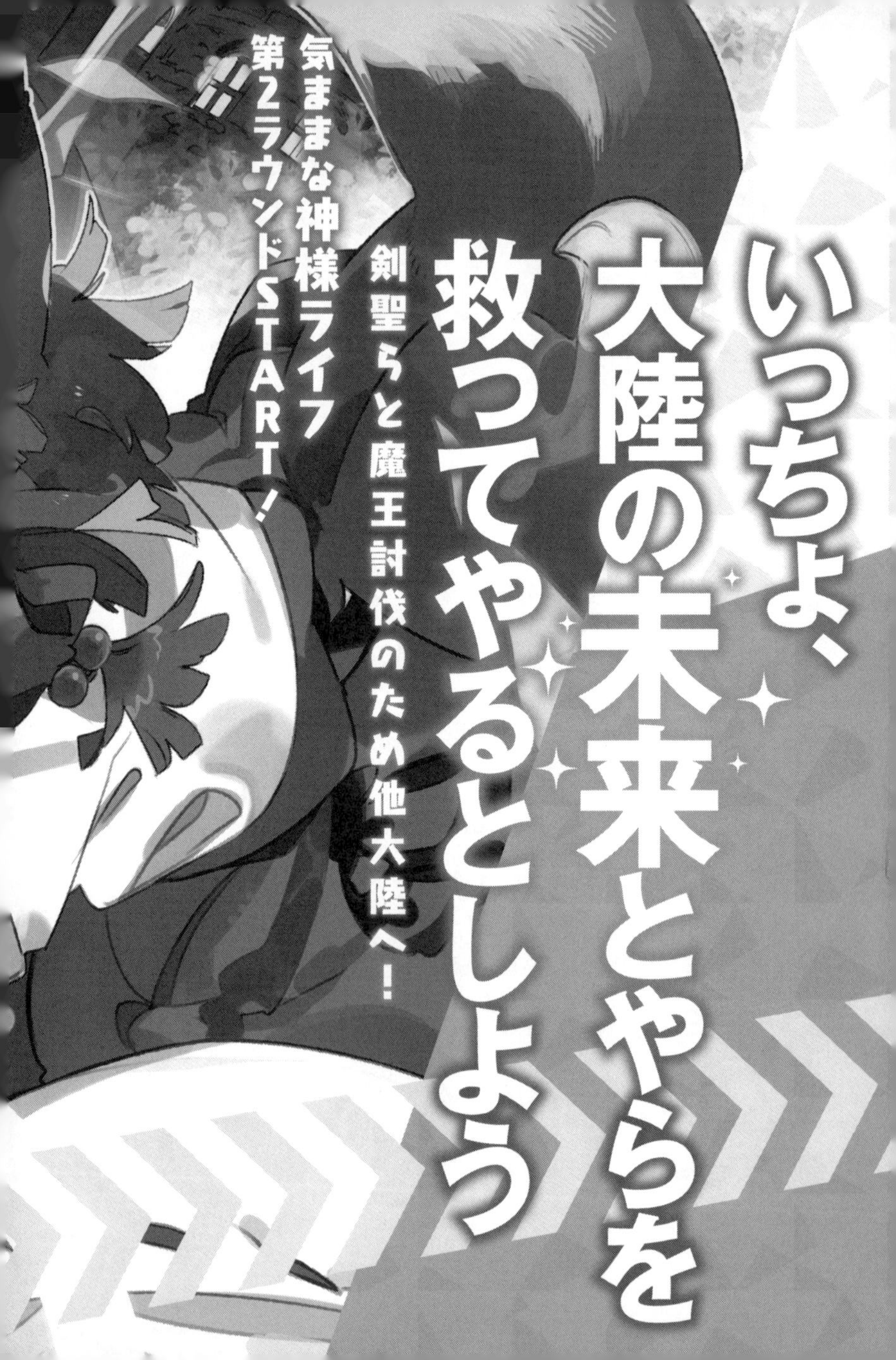
いっちょ、
大陸の未来とやらを
救ってやるとしよう
剣聖らと魔王討伐のため他大陸へ！
気ままな神様ライフ
第2ラウンドSTART！

自由度、超加速！
異世界創造のすゝめ II
スマホアプリで惑星を創ってしまった俺は神となり世界を巡る
2020年冬発売決定！

リタイヤした人形師のMMO機巧叙事詩《クロニクル》2

2020年10月1日　第1刷発行

著　者　玉梨ネコ

編集協力　株式会社MARCOT
発行者　本田武市

発行所　TOブックス
〒150-0002
東京都渋谷区渋谷三丁目1番1号　PMO渋谷Ⅱ　11階
TEL 0120-933-772（営業フリーダイヤル）
FAX 050-3156-0508

印刷·製本　中央精版印刷株式会社

ISBN978-4-86699-040-8